LES JOLIS PÉCHÉS
D'UNE
MARCHANDE-DE-MODES.

G. Texier inv. Sculp.

Je suis pourtant Cousin-Germain d'un Fermier-Général.

LES JOLIS PÉCHES
D'UNE
MARCHANDE-DE-MODES,
OU
AINSI VA LE MONDE.

Troisième Edition, revue et considérablement augmentée.

Avec Figure en Taille-douce.

PAR P.-J.-B. NOUGARET.

A PARIS,

Chez
- L'AUTEUR, rue des Petits-Augustins, Nº. 9, vis-à-vis celle des Marais ;
- DESENNE, Libraire, Galeries du Jardin Egalité, Nº. 2 ;
- PIGOREAU, Libraire, place Germain-l'Auxerrois ;
- CAILLOT, rue du Cimetière-André-des-Arcs, Nº. 6.

AN VIII.

LES JOLIS PÉCHÉS

D'UNE

MARCHANDE DE MODES,

OU

AINSI VA LE MONDE.

LAS de se promener un soir solitairement dans le grenier qu'il habitait, en proie aux réflexions les plus mélancoliques, d'Orninval rompit tout-à-coup ce triste silence, et s'écria d'une voix faible : « C'est trop
» éprouver le sort du mérite et de la
» vertu ; il faut sortir de l'obscurité
» dans laquelle je languis ; il faut
» surpasser plus d'un riche qui me

» méprise; il faut éclabousser d'hon-
» nêtes gens que je ne connais pas.
» Je veux que l'ingrate que j'adore
» soit éblouie de mon éclat, et
» qu'elle m'offre un cœur que je
» brigue depuis si long-tems. Je
» veux avoir des laquais insolens,
» qui auront des habits galonnés et
» des plumets à leur chapeau. Je
» veux avoir des équipages su-
» perbes, faits par des ouvriers cé-
» lèbres, que je ne payerai point,
» mais qui seront trop heureux que
» ma grandeur veuille bien les em-
» ployer. J'aurai des chevaux de
» cent louis, des chiens merveilleux
» que j'acheterai fort cher. On ac-
» courra en foule dans mon hôtel;
» on se morfondra, selon l'usage,
» quatre heures dans mes anti-

» chambres; et lorsqu'on sera admis
» à mon audience, je répondrai brus-
» quement par monosyllabes, ou
» par un signe de tête. Trop cruelle
» Rose! tu me recevras avec respect;
» à mon abord, un doux sourire em-
» bellira tes lèvres de corail, les plai-
» sirs et l'amour brilleront dans tes
» yeux. Tu seras trop flattée quand
» je daignerai cueillir sur ta belle
» bouche mille tendres baisers. »

D'Orninval, en parlant ainsi, continuait à marcher à grands pas dans sa chambre, située au sixième étage d'une maison antique et obscure. Il ouvrit ensuite, en soupirant, une petite armoire, il en tira un morceau de pain, dont il fit son souper. Après avoir réfléchi quelques instans à sa grandeur future, il bâilla, s'étendit sur son grabat, et goûta bientôt les charmes du sommeil. Mille songes venant le bercer d'idées fantastiques, il rêva, sans doute, qu'il était devenu fort riche, et qu'il faisait bonne chere.

Ce d'Orninval, dont le lecteur n'a, je crois, jamais entendu parler, était un homme singulier, effronté, hardi, doué de beaucoup d'esprit, parlant avec grâce, bien fait de sa personne, aussi fier que s'il avait possédé tous les trésors d'un financier, et que s'il eût été chargé, pendant plusieurs années, d'introduire les supplians dans le cabinet d'un ministre. L'ambition dominait surtout en lui; sans la mauvaise mine de son équipage, sans le délabrement de sa garde-robe, on l'aurait pris pour un homme attaché à la cour. Il ne songeait qu'à des titres, qu'à des places, qu'à des dignités; il ne s'occupait sans cesse que des moyens d'y parvenir; et tandis qu'il se repaissait de ces brillantes chimères, il mourait de faim.

J'avoue que j'ai fait trois sottises en commençant cette véridique histoire : premièrement, il fallait faire connaître mon héros; secondement ne point lui faire tenir tout seul un long discours, parce que c'est le représenter comme un fou. J'ai eu tort enfin de ne point suivre l'exemple des illustres auteurs qui ont écrit des *mémoires* et des *aventures*; car la plupart des compositeurs de livres ressemblent assez aux moutons, qui font toujours ce qu'ils voient faire à un du troupeau. Les romans de nos jours commencent tous par la généalogie des principaux personnages dont on va lire les fades aventures, les amoureuses extravagances. Moi, j'ai osé m'écarter du chemin trop battu que m'ont tracé mes confrères. Le lecteur m'excusera, sans doute. J'ai voulu me donner un air original; et, quoique la mode se soit introduite jusque dans la façon d'écrire, j'ai pensé qu'on me permettrait de raconter à ma manière.

Pour revenir à d'Orminval, j'ignore son origine; les uns prétendent qu'il était aussi noble que beaucoup de grands seigneurs, et de barons Allemands, entêtés de leurs seize quartiers, quoiqu'il ne descendît que d'un simple paysan; les autres veulent que son origine fût très-méprisable, parce qu'ils regardent les laboureurs comme les derniers des hommes; mais, sans entrer dans des discussions trop épineuses, je dirai seulement que d'Orninval était fils d'un bon fermier, qui l'avait fait étudier dans une petite ville, voisine de son village, ainsi que son frère l'abbé, dont il se proposait de faire un curé de campagne, et dont nous parlerons plus bas. D'Orninval, le héros de cette histoire, était destiné à la profession d'avocat. C'est ainsi que ce bon laboureur voulait élever ses enfans au-dessus de leur naissance, selon l'usage établi trop long-tems parmi nous autres Français, qui fut cause qu'on se trouvait rarement à sa place, et auquel nous dûmes les métamorphoses les plus étranges et les plus ridicules.

D'Orninval seconda à merveille les vues de son père; il apprit tout ce qu'on lui enseigna, et sitôt qu'il fut devenu raisonnable, il se sentit dévoré d'une envie extrême de parvenir. Cédant aux élans de son ambition, il quitta un beau jour son village, sans dire adieu à personne; son frère l'abbé en avait fait autant. A force de manger l'argent de ses livres, et d'une partie de ses hardes qu'il avait vendus, il se rendit à Paris, en guêtres, havre-sac sur l'épaule, le bâton à la main.

Admirez la simplicité du jeune d'Orninval. Il espérait faire fortune et s'avancer dans le monde par son mérite ; il ignorait alors que ce n'est souvent qu'au hasard, ou à la protection des jolies femmes, qu'on est redevable de la considération et des richesses dont on jouit. Il faisait des vers et des romans, ce qui n'était surement pas le moyen de trouver le chemin de la fortune. En arrivant à Paris, il était porteur de divers ouvrages, éclos du creux de son cerveau. Plusieurs savans et gens-de-lettres, auxquels il courut les montrer, les trouvèrent passables, et ne voulurent plus le voir, par la raison qu'il était pauvre : eh! quel mérite peut avoir un auteur qui n'est point riche ?

D'Orninval se consola des froideurs des gens-de-lettres, souvent gonflés de l'idée de leur propre mérite ; et des dédains de nos prétendus philosophes, et se rendit chez un libraire renommé, croyant que le marchand d'esprit aurait moins d'orgueil, de morgue philosophique que les pères de plusieurs volumes *in-folio*. Le libraire était un homme riche de plusieurs millions. Il avait accumulé des sommes considérables à force d'imprimer, de contrefaire les écrits des fameux auteurs de son tems, et parce qu'il savait le secret d'acheter presque pour rien les meilleurs ouvrages. D'Orninval, en présentant respectueusement son manuscrit à cet homme engraissé des veilles qui maigrissent les auteurs, lui protesta qu'il avait extrêmement besoin que ses faibles talens fussent encouragés, et de recevoir une petite somme. « J'en suis fâché, lui

» répondit le libraire, je suis chargé » d'ouvrages. Dans quelques années » je ferai votre affaire. » Et il le congédia brusquement.

D'Orninval en visita plusieurs, dont il n'eut pas davantage à se louer. Tous lui protestèrent qu'ils étaient au désespoir de ne pas traiter avec lui, qu'ils étaient accablés de manuscrits; mais qu'une autre fois ils pourraient avoir la bonté d'imprimer ses œuvres. Voilà quels sont les désagrémens qu'essuient les jeunes auteurs, dès les premiers pas qu'ils font dans la brillante carrière des belles-lettres. Plût au ciel qu'un pareil commencement les dégoûtât de la manie d'écrire ! ils en seraient plus heureux le reste de leur vie ; le public y trouverait aussi son compte.

Si d'Orninval avait eu un nom dans la littérature, il aurait été mieux accueilli ; sa réputation était à faire, et personne ne voulut se charger des frais. Nous avons, dans notre siecle, la louable coutume de ne lire et de n'acheter que les ouvrages des auteurs célèbres, comme s'il était impossible que le génie enflammât d'autres mortels que Voltaire ; comme si l'esprit et les grâces ne pouvaient se trouver que dans Bernard et Saint-Lambert ; l'imagination romanesque et les grâces du style, ailleurs que dans madame Riccoboni, et Crébillon fils ; et comme si toute l'érudition était reléguée dans les énormes *in-folio* de nos philosophes. Dès qu'un auteur est devenu célèbre, n'importe comment,

AVERTISSEMENT.

En peignant les mœurs, et une partie des abus et des ridicules du dix-huitième siècle, j'ai tracé en même-tems la peinture du siècle où nous vivons. L'homme en société sera toujours le même ; on ne cessera jamais de voir des fripons enrichis, des intrigans effrontés, des ambitieux sans talens, des artistes en tous genres dominés par l'envie, de jolies femmes dont la fidélité ne sera point la principale vertu, etc., etc., etc. : *Ainsi va le Monde.*

Que les vieillards cessent donc de regretter le tems passé, et que les philosophes et les moralistes ne soient plus si fiers des prétendus services qu'ils ont rendus à l'humanité.

Si je rappelle, dans ce petit ouvrage, quelques ridicules qui n'existent plus, on en verra assez d'autres qui semblent, sur-tout, avoir pris racine dans Paris.

Mais je ne porte point mes prétentions jusqu'à vouloir m'ériger en grave censeur ; je me borne à amuser mes lecteurs, et à les faire quelquesfois sourire. Il est vrai que, dans le moment actuel, cette tâche n'est pas aisée à remplir. On me saura du moins gré de l'avoir tentée.

De graves auteurs de vingt ans, qui, dans une brochure oubliée dès qu'elle parut, s'érigèrent en censeurs de tous les gens de lettres, m'ont reproché de n'avoir pas prévenu le public, en imprimant, en l'an IV de la République, *Les jolis péchés d'une Marchande-de-modes*, que c'était la réimpression d'une petite brochure que j'avais mise au jour, en 1769, sous le titre de *Ainsi va le Monde*. Eh bien, je tâche de les satisfaire aujourd'hui, en ajoutant l'ancien titre à cette nouvelle édition.

Mais ils m'ont fait des reproches bien plus importans ; ils m'accusent d'une fécondité ridicule, parce que, depuis quarante ans, j'ai publié une vingtaine d'ouvrages : notez que chacun de ces docteurs imberbes a fait, depuis deux années, une douzaine de romans, tant bons que mauvais.

Je leur pardonne leur inconséquence, et même les injures dont ils m'ont gratifié, qu'ils prennent, sans doute, pour des aménités littéraires.

Enfin ils prétendent qu'un citoyen Félix Nogaret est un auteur du premier mérite, beaucoup plus connu que je ne le serai jamais. Je souhaite que j'aie seul à me féliciter de cette ressemblance de nom. Mais les amis de ce citoyen Félix Nogaret, n'ont pas pris garde, que les ouvrages qu'ils citent de lui comme des chefs-d'œuvres, sont absolument ignorés. Par exemple, qui a jamais entendu parler du *Fond-du-Sac* ?

ment, il peut déraisonner tout à son aise, et être même ridicule dans ses autres productions, sans que sa réputation en souffre le moins du monde; on croira sublime ce que l'on ne comprendra pas, et l'on admirera stupidement tout le reste.

Le malheureux d'Orninval s'imagina qu'il lui serait plus facile de réussir, s'il composait une pièce de théâtre. Aussi-tôt il se livre à son enthousiasme; les idées flatteuses dont il se berce, lui font surmonter les difficultés de l'entreprise. Après six mois de travail, pendant lesquels sa nourriture fut plutôt celle d'un pur esprit que d'un habitant de la terre, l'ouvrage est achevé, et il ne se sent pas de joie. La volupté dont s'enivre un sultan environné des beautés de son serrail, la joie orgueilleuse qu'éprouve un nouveau parvenu en contemplant ses richesses, ne saurait être comparée à la satisfaction qu'il ressent. Un général a moins de fierté à la tête d'une puissante et victorieuse armée, que d'Orninval en lisant son drame. Ah! ne nous moquons point du fol orgueil des auteurs, livrés aux plus douces illusions! c'est le seul plaisir qu'il leur soit possible de goûter. C'est d'une tragédie que le cerveau de d'Orninval vient d'accoucher; il suit l'exemple de ses jeunes confrères en littérature, qui ne savent chausser que le cothurne, ou produire une foule d'opéra-bouffons. Pourquoi dédaigne-t-on actuellement l'art enjoué de Thalie? Serait-ce que les auteurs de nos jours n'ont plus assez de génie pour peindre avec finesse les ridicules ? Nous nous extasions en récitant des vers durs ou empoulés, tirés des nouveaux drames tragiques qui brillent sur notre scène ; et nous chantons des ariettes vides de sens, mais dont la musique est charmante. Des productions aussi spirituelles nous engagent à nous écrier que les arts et les lettres sont parvenus au comble de la gloire dans le dix-huitième siècle.

Notre jeune poéte dramatique se serait épargné bien du travail, s'il avait connu la méthode adoptée par messieurs ses confrères. Avant de faire sa pièce, il voulut avoir un sujet et un titre. Il ne commença point par les derniers actes ; il se donna de garde d'accumuler les reconnaissances, les coups de poignards, les pantomimes, appelées actuellement *coups de théâtre ;* il n'employa ni longues tirades, ni descriptions de songes, ni spectacle pompeux, ni la magie des décorations : aussi prétendait-on que son drame n'était point une tragédie.

D'Orninval éprouva bientôt qu'il ne s'était flatté que d'espérances chimériques. Il eut beaucoup de peine à obtenir audience des comédiens. L'acteur, chargé d'examiner sa pièce, fut pendant plusieurs mois sans daigner y jeter les yeux ; enfin il la parcourut, et la jugea digne d'être lue à l'assemblée. Qu'on se peigne, s'il est possible, les transports de joie de d'Orninval. C'est pour le coup qu'il crut posséder des richesses ; il s'imagina qu'il allait monter au sommet du Parnasse. Bonheur trop tôt évanoui !

Le jour de la lecture arrive, au gré des vœux de notre jeune poéte, qui comptait tous les instans. Le cœur palpitant de crainte et de plaisir, il se rend au sénat-comique. A peine a-t-il pris séance, que son courage l'abandonne ; il tremble, il pâlit, et ne peut prononcer une seule parole. Son air timide apprête à rire à ses dépens. Il me semble pourtant qu'il est bien pardonnable. Eh ! qui ne serait déconcerté devant des juges qui vont prononcer en dernier ressort sur le mérite d'un ouvrage que nous chérissons ? Qui serait tranquille à l'aspect d'artistes qui peuvent, d'un mot, vous élever au comble de la gloire, ou vous replonger dans l'obscurité ? L'auteur qui, dans de pareils momens, n'a pas senti tout son sang se glacer, était doué d'une terrible dose d'amour-propre, ou n'était point dévoré de la noble envie de se faire un nom.

Tandis que d'Orninval tremblant était assis sur la sellette, et redoutait le jugement qui allait le foudroyer ou le rendre heureux à jamais, celui des comédiens qui savait le mieux lire déclamait à haute voix son drame. L'air peu attentif de quelques-uns de ses juges, sur-tout la mine friponne et les distractions de la plupart des actrices occupées à faire des nœuds, à se sourire, à se parler bas, le rassuraient quelques instans. « Ils ne

» sentiront point les fautes de ma » pièce, se disait-il en lui-même ; » ils vont la juger sans l'entendre, » ils me seront donc favorables. » Un autre plus expérimenté aurait tiré de ce qu'il voyait une conséquence toute différente.

La pièce est lue ; les rôles ne paraissant point convenir aux acteurs qui prévoyaient qu'ils en seraient chargés, elle est refusée d'une commune voix.

D'Orninval, conduit jusqu'à la porte, avec beaucoup de politesse, par l'un des semainiers, qui riait en lui-même de la confusion de ce pauvre auteur, se retire sans ouvrir la bouche. Le voilà bien avancé, avec sa tragédie. A quoi lui servent les soins, les peines qu'il s'est donnés ? Il aurait jeté son manuscrit au feu, en sortant de recevoir sa condamnation, si l'amour paternel avait pu se résoudre à un tel sacrifice, et s'il ne l'eut persuadé que l'arrêt du sénat-comique était des plus injustes. Mais le moyen d'en appeler? Une seule société de comédiens français décidait arbitrairement du sort des auteurs, les condamnait ou à la vie ou à la mort. Et actuellement qu'il y en a plusieurs, les poétes dramatiques en sont-ils plus heureux? grâce à l'insouciance du gouvernement, qui abandonne le plus bel art à l'intérêt et à la cupidité des entrepreneurs de spectacles. Qu'ont gagné Thalie et Melpomène à la révolution?

Qu'il maudit les comédiens, d'oser juger arbitrairement du mérite des pièces destinées au théâtre, et qu'il s'étonna qu'on les laissât jouir de ce droit honorable, qui devrait n'appartenir qu'au public! ou du moins qu'à un jury nombreux!

« Ainsi les productions de l'esprit » et du génie, s'écriait-il dans son » désespoir, sont regardées comme » des marchandises ordinaires. Les » comédiens les examinent avant » de s'en charger pour les revendre; » ils imitent ces marchands, qui ne » mettent dans leur boutique que » des effets dont ils sont sûrs du dé- » bit. Les ouvrages du génie doivent- » ils être traités de la sorte? Est-ce » là le moyen d'encourager des ta- » lens, dont les productions peuvent » avoir tant d'influence sur l'esprit » public? »

Ces belles réflexions ne nourrissaient point l'infortuné d'Orninval. Ne pouvant tirer aucun secours de la littérature, et rougissant de la simplicité qu'il avait eue de la regarder comme un moyen de s'enrichir, il se vit réduit à vendre insensiblement les restes de sa légère garde-robe. Il allait tous les jours présenter ses respects à de grands seigneurs, ou à ces pygmées agrandis par l'imagination prévenue, qui connaissaient son extrême indigence, et se contentaient de l'assurer de leur protection. Mais comme il n'était ni singe, ni musicien, ni baladin, ni recommandé par quelque femme entretenue, il ne pouvait en attendre que des promesses. Celui de ses protecteurs qui lui voulait le plus de bien, était celui qui le laissait le moins se morfondre dans l'antichambre; encore y restait-il toujours une bonne heure, selon les règles de l'étiquette.

Un malheur ne vient jamais seul; il semble que le ciel se plaîse à éprouver le courage des hommes; c'estau moins la meilleure intention qu'on puisse lui prêter. Nous venons de voir le héros de ce livre mourir de faim, ne pouvant percer dans le monde, rebuté de ces petits êtres montés sur les échasses des titres et des places; rebuté des libraires et des comédiens; pour comble d'infortune, il va devenir amoureux. Notre pauvre diable, maudissant la dureté des hommes, passait un jour dans une des principales rues de Paris; ses yeux furent agréablement frappés de la vue d'une marchande de modes, occupée, dans sa boutique, à travailler à ces colifichets, à ces bagatelles qu'on paie si cher. Elle ne paraissait âgée que de vingt ans. Quoiqu'elle fut environnée de plusieurs jeunes filles, toutes plus charmantes les unes que les autres, elle les surpassait par sa beauté, et son air annonçait qu'elle était la maîtresse.

D'Orninval retourna souvent jouir d'un spectacle si cher à son cœur. Il jetait des yeux perçans au travers des glaces qui fermaient la boutique de la belle marchande, s'arrêtait pour la mieux fixer, repassait plusieurs fois dans un même jour, et poussait de gros soupirs. Il fit comme le papillon, qui, à force de voltiger autour d'une lumière, finit par s'y brûler.

brûler. Sans s'apercevoir des progrès de sa passion, il s'enflamma du plus violent amour dont on ait fait mention dans les romans les plus remplis de tendres fadeurs.

Cette jolie marchande de modes joue un trop grand rôle dans cette histoire, pour ne pas chercher à la faire connaître particulièrement du lecteur. Voici le résultat des informations que nous avons prises à son sujet.

Rose était brune, vive, presque étourdie, fort enjouée. Sa peau était d'une blancheur éblouissante, et d'une finesse qui permettait de voir circuler de jolies petites veines, qui ressemblaient à des ruisseaux d'azur coulant doucement et lentement sur un tapis de neige. Elle avait un grand œil noir, éveillé, plein de feu; le sourire voligeait sur ses lèvres fraîches et mignonnes, et faisait naître l'envie de le fixer par un baiser voluptueux; le nez retroussé, la bouche petite et appétissante, la physionomie bouchonnée, mais piquante par un certain air fripon; la taille fine, la démarche légère, le propos animé, les manières charmantes. Tous ces attraits réunis composaient une personne tout-à-fait aimable.

Cette beauté si séduisante naquit dans un petit village au fond de la Provence. Son père n'était qu'un pauvre paysan, qui labourait la terre et cultivait quelques oliviers. En voyant sa charmante fille, l'on se serait étonné qu'un gros rustre ait eu l'adresse de faire un ouvrage aussi délicat, aussi parfait, si l'on ne savait que les gens de la campagne surpassent de ce côté-là les habitans des villes, en dépit de leur orgueil, de leurs titres, de leurs richesses : tout cela est trop étranger à la nature. La mère de Rose, (c'est le nom de la belle Provençale) ne se sentait pas d'aise d'avoir une fille si accomplie. La bonne femme, naturellement fière, devînt encore plus vaine ; elle se mirait dans sa fille, et soutenait, en sautant de joie, qu'elle lui ressemblait on ne pouvait davantage.

A peine Rose fut-elle devenue grande, qu'elle fit la conquête de tous les beaux garçons de la contrée ; les bergères faillirent s'en noyer de jalousie, dans le ruisseau qui leur servait de miroir. Mais elle dédaigna l'hommage des Colins et des Lucas, quelque chose lui disait qu'elle était digne d'avoir des courtisans d'un état plus relevé. Accablés des rigueurs de l'inhumaine, je ne sais combien de bergers se pendirent de désespoir; d'autres, plus sages, renoncèrent à l'envie de lui plaîre.

Cependant, la belle Rose enrageait tout bas de sa fierté; il lui tardait de trouver un vainqueur qui méritât de remporter la victoire. Peut-être aurait-elle cédé à un malotru ce qu'elle voulait n'accorder qu'à un homme d'importance, si l'amour, qui se plaît souvent à combler les vœux des jeunes filles, n'était venu à son secours, il est vrai que ce petit dieu, rempli de malices, fait quelquefois acheter un peu cher ses plus douces faveurs. Rose balançait entre le bailli et le magister, entre le jeune vicaire et le vieux curé, lorsqu'il se présenta tout-à-coup un nouvel amant, qui lui parut digne de la préférence.

Le marquis de Linange, seigneur de son village, colonel d'un des premiers régimens d'infanterie, vint passer la belle saison dans sa terre, afin de régler des comptes avec ses fermiers, que la guerre et ses plaisirs l'avaient empêché de voir depuis plus d'une année. Le hasard lui fit rencontrer la gentille Rose, parée des mains de la nature, un petit chapeau de fleurs sur la têtc. La physionomie mutine de la jeune paysanne l'obligea de la considérer attentivement. Il la trouva charmante, le lui dit ; elle le crut, et ne le fit pas long-tems soupirer. Dès le lendemain qu'elle eut entretenu l'aimable et dangereux seigneur, elle courut au château lui porter des fleurs, et lui en laissa une plus précieuse que toutes celles dont on forme les bouquets.

Le marquis, près d'aller joindre l'armée, voulut que les plaisirs le conduisissent à la gloire; il pria Rose de le suivre à Paris. La belle quitta sans regret la maison paternelle pour suivre son amant. Elle croyait que son bonheur durerait toujours ; mais, un beau matin, le marquis partit sans dire adieu. L'on prétend qu'il raconta par-tout cette dernière infidélité, et qu'on se moqua beaucoup de la pauvre délaissée.

La mode autorise ces procédés

discourtois envers les belles; tous les jours on voit des filles abandonnées dont on ne fait que rire. Cette mode est la plus chérie des Français, et celle dont ils se dégoûteront le moins.

Voilà donc mademoiselle Rose délaissée dans un hôtel garni. Ce qu'il y a de plus triste, c'est qu'il lui reste très-peu d'argent, et que sa garde-robe est assez mince. Monsieur le marquis ne lui avait donné que le simple nécessaire, des boucles d'oreilles fausses, une vieille montre qui n'allait point, et quelques louis pour ses menus plaisirs. Des dons aussi modiques étaient assez considérables pour une femme qu'il ne voulait garder que deux ou trois mois.

Que va devenir la pauvre Rose ? Que faire ? quel parti prendre ? elle ne saurait se résoudre à retourner chez ses parens ; les gens de province, surtout les villageois, ne pardonnent guère les tendres escapades ; ils s'imaginent bonnement que tout est perdu lorsqu'une fille a fait un faux-pas : on est bien plus raisonnable à Paris, sans doute parce qu'on est accoutumé à de pareils évènemens.

Avant de réfléchir à sa situation présente, il paraît à Rose qu'elle n'a rien de mieux à faire que de commencer par se désespérer ; aussi-tôt elle se met à s'arracher les cheveux, à fondre en larmes, à crier si haut que tout le voisinage en retentit.

L'hôtesse accourut tout effrayée. Cette femme, d'une douceur charmante, aimait beaucoup à rendre service à son prochain, pourvu qu'elle y trouvât son compte. Elle était fertile en inventions, et n'était point scrupuleuse sur les moyens d'amasser de l'argent.

« Eh! mon Dieu, s'écria-t-elle en
» voyant le désespoir de Rose, qu'a-
» vez-vous, ma chère dame ? Le
» marquis vous a plantée là. Vrai-
» ment, voilà les procédés des hom-
» mes et sur-tout des grands sei-
» gneurs, que nous avons la sottise de
» respecter. Faut-il tant vous affliger
» pour une chose toute simple ? Il
» est vrai que vous voilà chargée
» d'un loyer fort cher, et que vous
» serez obligée de sortir de ma mai-
» son, si vous n'êtes plus en état de
» me payer. La pauvre petite est

» pourtant bien jolie ! .... Attendez, il me vient une idée excellente.... Oh ! vous aurez bientôt un carrosse, des laquais, un bel hôtel. Laissez-moi faire, je suis en liaison avec un très-honnête homme ; c'est un magistrat petit-maître, qui n'a rien de rude ni de farouche, au moins pour les dames. Je veux vous procurer sa connaissance ; je lui dirai que vous êtes une jeune orpheline, que la mère, qui vient de mourir, avait amenée à Paris pour solliciter avec elle une affaire d'où dépendait sa fortune. Ayez soin seulement de paraître bien naïve, bien innocente. »

Ces paroles consolèrent mademoiselle Rose ; elle essuya ses larmes, et attendit la ſortune qui lui était promise. Le magistrat dont lui avait parlé l'obligeante hôtesse, entra dans sa chambre dès le soir même. Quoiqu'il fût d'un âge avancé, il était encore un verd-galant; il prenait autant de soin de sa personne, que s'il n'avait été que dans la fleur de la jeunesse. S'il lui arrivait de dormir à l'audience, il faut avouer qu'il était, en revanche, terriblement éveillé auprès des femmes, et que sa physionomie, ordinairement froncée et rébarbative, n'était plus la même auprès du beau sexe.

« Je suis touché, dit-il à Rose, » de votre triste situation; je viens » vous offrir tous les secours que » mon devoir m'oblige d'accorder » aux orphelins, et sur-tout aux jo-

» lies orphelines. » Ce n'était pas tout-à-fait les intentions du magistrat; il voulait que sa protégée le récompensât de ses bienfaits. Il ne tarda point à lui montrer que sa générosité était intéressée. A la seconde visite, il lui fit une déclaration en règle, se jeta à ses pieds, la supplia, la bourse à la main, de céder à son amour.

Rose joua si bien le rôle d'Agnès, et fit une si longue résistance, recevant toujours les dons du magistrat, qu'il crut triompher le premier d'un cœur innocent. La belle n'avait garde de céder tout de suite, quelqu'envie qu'elle en eût peut-être. On lui avait appris que les femmes prouvent leur sagesse, non par une résistance éternelle, ce qui serait une chose

chose inouie, mais par le tems qu'elles mettent à capituler.

Comme le désir de remporter la victoire avait seul conduit le galant magistrat chez l'aimable orpheline, il cessa d'y venir sitôt que ses vœux furent satisfaits.

Mademoiselle Rose partagea fidèlement ce qu'elle venait de recevoir de ce nouvel amant avec sa charitable hôtesse, qui l'assura que, si elle consentait à lui faire part de la moitié des dons qu'elle lui ferait avoir, elle aurait soin de lui procurer plusieurs amans généreux.

Voilà comme la beauté trouve à Paris des personnes bienfaisantes, qui s'empressent à lui rendre service. Mais j'ai un conseil à lui donner, si elle préfère l'honneur à la richesse : qu'elle soit en garde contre ces amies trop zélées, que le hasard lui fait rencontrer.

Rose consentit à l'accord proposé. L'hôtesse parlait tant à toutes ses connaissances de la naïveté, du caractère ingénu de la belle orpheline, dont le cœur, disait-elle, était encore tout neuf, (trésor fort rare dans Paris) qu'elle inspirait l'envie de la voir ; on éprouvait bientôt un autre désir, l'hôtesse arrangeait les choses pour le mieux, et l'argent faisait triompher des petits scrupules de la jeune innocente, qui profitait à merveille des leçons de sa rusée conductrice. Une douzaine de vieux richards vinrent successivement courtiser la prétendue Agnès, et chacun se flatta d'avoir cueilli une fleur qui n'existait plus depuis long-tems.

Certain gros financier vint aussi se repaître de la même chimère. Il se distingua de ses prédécesseurs par sa constance. Les yeux brillans de la petite Rose surent enflammer un cœur que l'embonpoint le plus énorme semblait devoir mettre à couvert des traits de l'amour. Notre Crésus ayant supputé la valeur des charmes de la jeune personne, et persuadé qu'il était le premier favorisé, forma le dessein de l'entretenir. L'on juge bien que de pareilles offres ne furent point refusées.

Rose sortit de la maison de sa chère hôtesse pour aller habiter un appartement magnifique. Cependant elle n'étala point tout le faste qui suit ordinairement la maîtresse d'un financier; elle était entretenue assez simplement. Un laquais, une femme-de-chambre, une cuisinière composaient toute sa maison. Elle avait très-peu de diamans. Lorsqu'elle voulait sortir pour aller un peu loin, elle louait un fiacre, et, par extraordinaire, un carrosse de remise.

La raison qui engageait le financier à tant d'économie, c'est qu'il faisait en même-tems un sort à une célèbre danseuse de l'opéra, et que les *zéros* et les *soustractions* avaient peine à suffire à toutes ses dépenses. La demoiselle de l'opéra servait à flatter sa vanité; c'était sa maîtresse d'étiquette. Pour la gentille Rose, elle était destinée à satisfaire les penchans du cœur, si toutefois le riche qui paie les faveurs de la beauté peut goûter les vrais plaisirs de l'amour.

Rondin (c'est ainsi que s'appelait notre financier) avait l'honneur d'être le fils d'un pauvre artisan. A peine savait-il lire et griffonner son nom, que certain contrôleur ambulant qui voulait du bien à madame sa mère, laquelle n'était pas, dit-on, trop cruelle envers ses amis, le plaça dans les *rats-de-cave*, ou, pour m'exprimer d'une manière plus relevée, il lui procura de l'emploi dans les aides. Le petit Rondin apprit alors à former des chiffres, tant bien que mal; mais il lui fut impossible d'apprendre à lire sans épeler ses lettres, et de pouvoir écrire d'autres mots que celui qui compose son nom. Une ignorance aussi marquée ne mit aucun obstacle à sa fortune. On eut égard à son zèle, à sa vigilance, à son amour pour le travail, à sa dureté, à son insouciance pour la misère publique; et puis d'ailleurs, on ne pouvait, sans injustice, l'empêcher de parvenir à son tour.

Comme il était entré de bonne heure dans les fermes, car son premier emploi, malgré son peu d'importance, en était le noviciat, il se vit, avant l'âge de la décrépitude, monté au grade de fermier-général, après lequel son ambition n'avait plus rien à prétendre.

Pour combler son bonheur, il lui fallait Rose; aussi s'attacha-t-il à cette aimable fille, sans pourtant abandonner sa déesse de l'opéra. Une preuve qu'il aimait Rose tendrement, c'est qu'il voulut qu'elle ap-

prît un métier, afin de ne jamais tomber dans la misère. « Je connais,
» lui disait-il, les vicissitudes de la
» fortune; elle m'a élevé au plus
» haut de sa roue, elle peut m'en
» faire descendre. J'avoue que je ne
» sais aucun moyen pour gagner ma
» vie. Que de gens ont tombé d'aussi
» haut! Craignez aussi, ma chère
» Rose, d'éprouver l'inconstance de
» la fortune; que l'état heureux dont
» vous jouissez actuellement ne vous
» paraisse pas devoir durer toujours.
» Je puis mourir, vos charmes peu-
» vent perdre leur éclat, ainsi que
» l'argent change quelquefois de va-
» leur. Peut-être que si l'on donnait
» les mêmes conseils à ces filles
» étourdies, riches des prodigalités
» de leurs amans, on ne les ver-

» rait point dépenser follement le
» bien dont on les comble, se trou-
» ver réduites à vendre leurs bijoux,
» leurs nippes, et finir par éprouver
» toutes les horreurs de l'indigence.
» Voyez donc dans quelle profession
» vous seriez charmée de vous ins-
» truire. Il me semble que l'état de
» marchande de modes vous con-
» viendrait à merveille en cas d'évè-
» nemens. Une jolie femme, adroi-
» te à saisir les caprices du jour dans
» les colifichets qui servent à la pa-
» rure, attire dans sa boutique la
» brillante jeunesse des deux sexes,
» les petites-maîtresses, les cavaliers
» élégans qui se piquent d'être à la
» mode. Parlez, mon ange, et j'au-
» rai soin que l'on vienne chaque
» jour vous rendre habile dans l'art

» de travailler à ces petits ouvrages,
» à ces charmantes bagatelles dont
» nous sommes si avides en France,
» et qui circulent dans toute l'Eu-
» rope, aussi-bien que les produc-
» tions littéraires. »

Je ne réponds pas, au moins, que ce long discours soit tout-à-fait de la composition du gros Rondin; peut-être l'ai-je un peu brodé : si j'ai eu tort, j'en demande pardon au lecteur. Quoi qu'il en soit, mademoiselle Rose fut docile aux conseils du financier; elle sentit qu'on devait se préparer pour les évènemens à venir, qu'on ne saurait prévoir; elle choisit l'état de marchande de modes. Une des plus fameuses ouvrières dans cet art agréable, vint régulièrement chaque jour lui en donner des leçons.

L'épais et spéculatif Rondin, pour l'engager davantage à s'appliquer, lui répétait souvent qu'il avait des parens fort proches qu'il laissait mourir de faim. Rose l'écoutait en travaillant, et montrant les plus heureuses dispositions. Au bout de six mois, elle en sut autant que sa maîtresse. Le financier ne se possédait pas de joie ; son amour redoublait à mesure que la belle acquérait de nouveaux talens.

Il y avait près d'un an que Rose jouissait des bienfaits de Rondin, sans qu'elle eût songé à lui être infidelle, (chose étonnante et qui n'arrivera plus !) lorsqu'en sortant un jour, donnant le bras à son laquais, dans le dessein d'aller faire quelques emplettes, elle fut abordée par un pauvre, qui lui demanda l'aumône. Le son de voix du mendiant émut son cœur, et l'obligea de jeter les yeux sur lui. Elle aperçut un jeune homme bien fait, dont la physionomie était intéressante. « Comment » se peut-il, lui dit-elle avec un air » d'intérêt, que vous soyez réduit » à mendier ? — Hélas ! madame, » lui dit le jeune homme d'une voix » faible, tel que vous me voyez, je » suis cousin-germain d'un fermier-» général ; mais il a la dureté de me » refuser le moindre secours. Quel » est le nom de ce parent si dénaturé ? » demanda la belle, encore plus » émue. — Il est assez connu, ré-» pliqua le mendiant ; monsieur » Gilles-Claude-Rapinac-Rondin » s'est trop rendu célèbre dans Pa-

» ris, par son luxe et ses dépenses
» énormes, pour que son nom ne soit
» pas parvenu jusqu'à vous. — Sui-
» vez-moi, dit alors la sensible Rose,
» je veux chercher les moyens de
» vous être utile. » Et le jeune homme, sans rien répliquer, se mit humblement à marcher derrière elle.

Sans songer aux emplettes qu'elle se proposait de faire, mademoiselle Rose retourna dans son appartement.
« Eh! quoi, se disait-elle en chemin,
» le financier, mon protecteur, me
» fait vivre dans l'aisance; il n'épar-
» gne rien pour prévenir mes désirs,
» tandis qu'il refuse le nécessaire à
» ses proches! Il me semble qu'au-
» lieu de tant dépenser pour moi,
» il ferait bien mieux de tirer ses
» parens de la misère. Mais, ajouta-
» t-elle

» t-elle par réflexion, est-il le seul » qui agit de la sorte ? »

Tout en raisonnant ainsi, Rose arrive chez elle, suivie du pauvre en qui elle prend déjà le plus vif intérêt. Elle l'oblige de s'asseoir; et, présumant qu'il peut avoir besoin de nourriture, elle fait servir devant lui ce qu'elle a de meilleur. Le jeune homme mangea de bon appétit. Encouragé par les bontés qu'on lui témoigne, il raconte ensuite qu'il était venu à Paris, croyant que son cousin le financier lui procurerait quelque emploi; mais que s'étant présenté dans son hôtel, il s'était mis contre lui dans une furieuse colère, lui avait défendu de paraître davantage à ses yeux, et d'oser se dire son parent; et que, parce qu'il avait voulu le prier de considérer son triste état, il l'avait fait mettre à la porte par ses laquais. « Ne sachant que devenir, continua le jeune homme, » me voyant sans un sou, et me sentant incapable de commettre aucune bassesse, d'ailleurs bien persuadé que l'honnêteté et le mérite » ne trouvent que difficilement des » protecteurs, il a fallu me résoudre » à mendier mon pain. Je crois que » je serais mort enfin de honte et de » désespoir, si je n'avais eu le bonheur de rencontrer une dame aussi » charitable, dont la présence m'a » fait oublier tous mes maux. »

Cette galanterie acheva d'intéresser mademoiselle Rose en faveur du jeune homme. Elle lui dit qu'elle devait à M. Rondin l'aisance dont elle jouissait, et qu'elle ne pouvait mieux faire que d'employer une partie de ses dons à secourir un parent qu'il avait la cruauté de laisser dans la misère. Le jeune homme se jeta à ses pieds, en s'écriant qu'il n'avait point mérité les bienfaits dont elle voulait le combler; mais qu'il ferait en sorte de s'en rendre digne par sa reconnaissance. Elle le releva, lui donna une petite chambre auprès de la sienne, l'équipa de la tête aux pieds. Le jeune homme, habillé d'une manière convenable, heureux, satisfait, parut un cavalier accompli.

Rose ne croyait suivre que les mouvemens de l'humanité, tandis qu'elle se livrait au doux penchant de l'amour. Son cher protégé se trompa aussi sur les sentimens qu'elle lui inspirait. A force de l'assurer de sa reconnaissance, il se servit d'expressions plus tendres que celles dont on se sert pour une bienfaitrice. Il en vint insensiblement à dire qu'il l'adorait. Cette déclaration fut reçue sans colère. Mademoiselle Rose, craignant que son protégé se trouvât mal à son aise dans le lit qui lui était destiné, daigna le faire coucher avec elle : peut-on porter plus loin la charité envers son prochain ?

Nos amans jouissaient depuis huit jours du bonheur des amans heureux; leurs plaisirs étaient d'autant plus piquans, qu'ils étaient pris à la dérobée ; ils se flattaient que rien ne troublerait les douceurs de leur intelligence ; lorsque le financier entrant brusquement, les surprit ensemble.

Le lourd Rondin ne s'attendait guère à trouver son parent chez sa maîtresse. « Que faites-vous ici, s'écria-» t-il ? ne vous ai-je pas défendu de » paraître jamais devant moi ? » Le jeune homme balbutia quelques mots sans suite, et cherchait à se tirer d'affaire par de profondes révérences. Mademoiselle Rose eut le tems de se remettre un peu de son trouble, et prit la parole : « Le hasard m'a fait ren-» contrer monsieur, » (dit-elle au financier, dont l'énorme masse s'était assise lourdement sur un fauteuil, en roulant de gros yeux, et soufflant de colère.) « Je n'ai pas plutôt su qu'il » avait l'honneur d'être votre cou-» sin, et que vous aviez refusé de lui » rendre service, que je l'ai engagé » de venir vous attendre ici, afin

» que joignant ses prières aux mien-
» nes, il soit plus sûr d'émouvoir
» votre cœur. J'ose croire qu'à ma
» recommandation vous lui accor-
» derez un bon emploi : on m'a dit
» qu'auprès de vous autres, ainsi
» qu'auprès des grands seigneurs, il
» n'y avait rien de tel que la protec-
» tion d'une jolie femme. — »

« Vous vous trompez, s'écria Ron-
» din, je ne veux point obliger ce
» grand vaurien-là, qui aurait mieux
» fait de rester dans sa province,
» plutôt que de venir me déshonorer
» en se disant mon proche parent.
» Non, je ne m'emploierai jamais
» en sa faveur ; j'en jure par tous les
» zéros de l'arithmétique. Au reste,
» puisque vous vous intéressez si fort
» pour ce pendard de cousin, que le

» ciel confonde, je ne dois nullement m'opposer à votre bonne volonté. Dans la crainte de vous gêner, je ne remettrai plus les pieds chez vous. Adieu, je vais chercher une femme qui ait moins d'envie d'obliger ma famille. Vous êtes encore très-heureuse que je veuille bien vous laisser les meubles et les nippes dont je vous ai fait présent. »

A ces mots, Rondin furieux appelle ses deux laquais, qui le prennent sous le bras, et le conduisent à son carrosse, sans qu'il soit touché des larmes, des prières de Rose.

Comme elle n'était point intéressée, elle se consola bientôt de la perte du financier; le beau jeune homme qu'elle chérissait lui tenait lieu de richesses. Mais elle eut dans peu un violent sujet de douleur. Le barbare Rondin, poussant jusqu'au bout la dureté, fit enlever son parent, quelques jours après la scène qu'on vient de voir. Des archers vinrent tout-à-coup l'arracher des bras de son amante, le lièrent, le garrottèrent comme un criminel, et le traînèrent au premier port de mer, où on le força de s'embarquer pour les colonies. Il y est sans doute péri de misère ; car l'on n'en a jamais entendu parler depuis son funeste départ. Voilà l'usage qu'on faisait des lettres-de-cachet, décernées dans les bureaux ministériels, au nom du prince, qui, surement, n'avait jamais entendu parler des prétendus coupables, qu'il s'agissait de punir.

Mademoiselle Rose fut très-sensible à un coup aussi imprévu. Elle passa plusieurs mois à se désespérer, sans vouloir écouter aucune consolation. Considérant enfin que son malheur était sans remède, elle parvint peu-à-peu à modérer ses chagrins. L'attention qu'elle crut devoir faire à la triste position où elle se trouvait, contribua aussi à lui faire oublier son amant; elle s'aperçut que ses fonds baissaient, et que n'ayant plus le riche Rondin pour payer sa dépense, elle courait risque de retomber dans la misère. Elle aurait peut-être eu recours aux bons avis de son ancienne hôtesse; mais cette femme si serviable venait de mourir, généralement regrettée de tout son quartier; tant il est facile d'en imposer par une conduite hypocrite !

Rose prit un meilleur parti ; elle vendit ses meubles, et le peu de bijoux qu'elle avait reçu du financier, ne se réservant que les choses qui lui étaient absolument nécessaires. Du produit qu'elle en retira, elle leva une boutique dans la rue Honoré, et s'établit marchande de modes.

L'élégance de sa boutique, remplie de toutes les bagatelles qui sont si utiles en France, si recherchées à Rome, à Copenhague, et placées de manière qu'elles frappassent la vue des passans ; les charmantes ouvrières rangées en file, qui travaillaient d'un air tout-à-fait modeste et coquet ; le minois piquant de la maîtresse, autant que son adresse dans les petits ouvrages inventés par la mode ; tous ces différens avantages réunis, rendirent célèbre en peu de tems la boutique ou le magasin de la nouvelle marchande.

Mademoiselle Rose se servait encore d'un autre moyen pour devenir fameuse ; elle vendait ses marchandises le triple de ce qu'on les payait ailleurs. Aussi ne croyait-on être bien servi que chez elle ; l'on n'était du bon ton qu'en portant des colifichets fabriqués de sa main. Les seigneurs ne voulaient que des bourses, des cravates, et des nœuds d'épée, achetés chez la belle Rose ; et depuis la duchesse jusqu'à la plus petite marquise, les dames ne voulaient être parées que des mains de la belle Rose, qui avait seule la vogue. Du matin jusqu'au soir, sa porte était assiégée de plusieurs carrosses ; sa boutique était le rendez-vous des aimables étourdis de la cour.

Assise au haut bout de son comptoir, elle était comme la divinité des modes, qui, d'un signe de tête, à l'aide de jolies ouvrières intelligentes et expéditives, produisait des garnitures de robes de la dernière élégance, ou d'un goût recherché et bizarre ; des chapeaux, des bonnets d'une forme agréable, singulière. On pouvait aussi comparer Rose à un charmant philosophe en cornette, qui, par l'invention des modes du jour, avait l'art de critiquer impunément les bévues, les fautes des ministres et des rois.

Elle recevait comme une déesse

l'encens

l'encens qu'on lui prodiguait de toutes parts ; à peine pouvait-elle suffire à répondre en même-tems aux fleurettes de l'un, à vendre des colifichets à l'autre, à sourire en minaudant à celui-ci. Au reste, elle se comportait avec une sagesse exemplaire ; elle ne se permettait que les agaceries d'une coquette, et jamais, du moins en public, les écarts d'une femme galante ; encore ne s'efforçait-elle de plaîre que parce qu'il est essentiel que dans son état une jolie femme soit enjouée, vive, folâtre, agaçante : il faut bien attirer les acheteurs.

Je ne réponds pourtant pas de la sagesse de mon héroïne ; je ne puis juger que d'après les apparences ; et l'on sait qu'elles sont quelquefois trompeuses. Tout ce qu'il m'est possible d'affirmer, c'est que mademoiselle Rose ne laissa nullement transpirer les faiblesses dont elle se rendit peut-être coupable en secret.

J'observerai pourtant que si sa conduite apparente ne laissait rien découvrir qui pût égayer la malignité publique, on fut souvent frappé de la douceur avec laquelle elle traitait les demoiselles attachées à son magasin. Elle leur permettait d'être entourées, du matin au soir, de soupirans, d'adorateurs, pourvu qu'elles ne cessassent pas de travailler pour prêter l'oreille au langage séducteur des amans. L'atelier où les grâces donnaient mille formes séduisantes à la gaze, aux pompons, était même disposé de manière, que lorsqu'on voyait entrer dans la boutique antérieure qui le précédait, une personne dont on craignait d'effaroucher les regards, aussi-tôt les amans se glissaient sous le comptoir, devant lequel s'occupaient les jolies nymphes, et passant leur tête dans des ouvertures pratiquées à cet effet, tenaient lieu de poupées propres à monter les bonnets, à préparer les chapeaux, ou les guirlandes de fleurs.

Rose avait même parmi ses demoiselles une tendre mère, qui nourrissait le fruit de ses amours, en feignant que c'était l'enfant d'une de ses amies, qu'elle tenait souvent contre son sein, ou bien elle le cachait dans une barcelonnette placée devant elle dans le comptoir.

Voilà quelle était la belle qui enflammait le malheureux d'Orninval; il ne lui manquait plus que d'être amoureux, pour mettre le comble à son infortune. J'ai déjà dit qu'il repassait plusieurs fois dans le même jour devant la porte de sa maîtresse, jetant de tendres œillades au travers des verres de Bohême qui fermaient la boutique. Il continua quelque tems ses promenades. Il se croyait assez payé de ses peines, lorsqu'il avait entrevu sa divinité. Il lui parut cependant que son bonheur avait trop peu de consistance; il se lassa de ne voir, pour ainsi dire, sa maîtresse qu'en perspective.

Il eut un jour la hardiesse d'entrer dans le magasin; et s'approchant d'un air respectueux de la jolie marchande: « Voudriez-vous bien, ma-

» dame, lui dit-il, me montrer vos » bourses les plus à la mode? » Tout en faisant son emplette, d'Orninval s'efforce de débiter des propos galans et spirituels. Il se trouva si bien de cette première visite, qu'il en rendit de frèquentes, sous différens prétextes. Aujourd'hui c'était pour une cravate, une bourse bien élégante, demain pour un nœud d'épée. Il est vrai que de pareilles dépenses épuisaient sa petite fortune; il n'y prenait pas garde. Chaque homme, quelque sage qu'il soit, a sa folie, dont il ne peut se corriger, à laquelle il se livre même sans s'en apercevoir. Le philosophe est rempli d'orgueil, et s'imagine que ses écrits doivent éclairer toute la terre habitée : l'homme de cour, le parvenu et les financiers se ruinent pour les filles du monde : le marquis petit-maître prodigue des sommes immenses pour des chiens et des chevaux : et le misérable d'Orninval épargne sur son nécessaire pour faire des emplettes qui lui procurent l'occasion de causer avec la jolie marchande de modes.

Il se hasarda enfin à lui rendre visite, sans rien acheter (sa bourse était alors tout-à-fait vide). Il redouble ses galanteries, demande la permission de venir quelquefois faire sa cour ; on daigne sourire à sa requête ; et vous jugez bien qu'il profite de la grâce qu'on vient de lui accorder. Mademoiselle Rose le trouve fort aimable ; mais lorsqu'il lui arrive de laisser échapper le mot d'amour, elle prend un air boudeur, le prie sérieusement de ne plus lui tenir des discours trop tendres, s'il veut obtenir encore la permission de venir causer auprès d'elle. D'Orninval se désespère d'une vertu si farouche. Ce fut à la fin d'une journée malheureuse, où il venait d'éprouver de nouvelles rigueurs, qu'il fit l'étrange monologue par lequel nous avons commencé cette histoire.

D'Orninval, chez qui l'ambition était aussi forte que l'amour était violent, se mit à son réveil à s'occuper encore de l'envie qui le dominait d'être un jour un homme d'importance. La faim seule le tire de ses méditations agréables; elle l'oblige de détruire les châteaux en Espagne dont il est enchanté. Possesseur, en idée, des titres, des dignités les plus recherchées, rempli des brillantes chimères dont il se repaît, il va, d'un pas faible, visiter tous ses amis et ses protecteurs, espérant que quelqu'un d'entr'eux aura la complaisance de le prier à dîner, ou de lui donner de quoi faire un bon repas.

Le pauvre diable compta sans son hôte, si j'ose me servir de cette façon proverbiale de parler. Il ne reçut de ses amis que des souhaits, et de la part de ses protecteurs que de magnifiques promesses : vous m'avouerez qu'on le régalait là d'un dîner bien léger.

Les riches, les gens en place ne s'inquiètent guère si leurs protégés ont le ventre vide ; et l'on est peu flatté d'avoir un convive dont la fortune est des plus médiocres ; non que l'on craigne qu'il ait trop bon appétit, mais parce qu'on le trouve toujours ennuyeux et maussade. Il faut être fortuné pour paraître aimable. D'Orninval fut trop heureux de revenir chez lui manger un morceau de pain sec.

Le petit-collet, frère de d'Orninval, dont j'ai dit un mot au commencement de cette histoire, qu'on destinait à remplir la place de curé de village, et qui partit *incognito* de la paisible cabane de son père, s'était rendu à Paris, long-tems avant d'Orninval, le héros de ce livre.

Il semble que l'abbé se soit piqué de servir d'exemple à son frère; et que celui-ci ait fait ses efforts pour marcher sur les traces de son modèle. On voit dans tous les deux la même ambition, la même effronterie, à-peu-près la même conduite : avec pourtant cette différence sensible, que l'abbé, pour parvenir, s'attachait à faire sa cour aux femmes, et ne prétendait percer dans le monde qu'à force d'intrigues et de souplesses ; au-lieu que d'Orminval s'imaginait bonnement que le mérite seul conduisait à la fortune, sans qu'on fût obligé de se donner la moindre peine. On voit que l'abbé était bien plus fin, et connaissait bien mieux le monde. La suite fera voir que la ruse et l'adresse sont toujours très-utiles à ceux qui savent qu'on doit les employer, si l'on veut acquérir des richesses et de la considération.

Il y avait quelques années que le

petit-collet habitait la capitale de la France, sans que l'on sût dans sa famille ce qu'il était devenu ; lorsque d'Orninval se trouvant très-serré contre une borne par un carrosse superbe, fut très-surpris d'apercevoir dans cette brillante voiture son frère l'abbé, qui avait tout l'air d'un prélat. « Eh! quoi c'est vous, » mon cher frère! s'écria d'Orninval; que cette rencontre me cause » de plaisir! — Oui, c'est moi, répondit sèchement l'abbé en se » rengorgeant; montez, je vous parlerai. » D'Orninval, transporté de joie, saute légèrement dans le carrosse, et obéit à l'ordre qu'on lui donne de se placer sur le devant.

Alors le petit-collet lui raconte en peu de mots qu'il a le bonheur d'être protégé par plusieurs dames de condition, très-fières en public, fort humaines en particulier, entr'autres, par une duchesse qui s'est engouée de son mérite, qui ne peut vivre sans lui, le met de toutes ses parties, lui permet d'agir dans son hôtel aussi librement qu'elle-même, et veut absolument qu'il ne sorte que dans une voiture qu'elle lui fournit. « Mais, ajoute l'abbé, je n'en » suis pas plus riche. J'attends quel» ques bons bénéfices; sans les bien» faits de la duchesse, je serais fort » embarrassé de ma personne. Ainsi » je suis hors d'état de vous faire » du bien, dont vous me paraissez » pourtant avoir un extrême besoin. » Prenez patience; je tâcherai de » vous procurer quelque emploi. »

A ces mots le carrosse s'arrêta, l'abbé descendit devant un hôtel magnifique; d'Orninval en fit autant. « C'est ici ma demeure, lui dit » le petit-collet, vous pourrez m'y » venir voir quelquefois. » Et sans le prier d'entrer, il lui tourna brusquement le dos.

Musquet (c'est le nom de l'abbé) ne pouvait mieux faire que de s'être couvert d'un habit qui donnait les plus grands privilèges, qu'on en fût digne ou non. Il avait le droit de faire sa cour aux femmes, sans qu'on y trouvât à redire. En un mot, il était digne de grossir le nombre de ces êtres colifichets, de ces gentilles poupées, qui cachaient sous leur calotte toute la malice du siècle. Vrai Caméléon, il prenait tous les caractères de ceux qu'il fréquentait. Avec les maris, il était chasseur, ivrogne, libertin, politique, selon les circonstances ; auprès de leurs tendres moitiés, il devenait galant, enjoué, comptait les historiettes du jour, chantait les airs à la mode, perdait volontiers sans se plaindre. Aussi les femmes le trouvaient charmant, adorable ; la tête leur en tournait ; et les hommes soutenaient qu'il était *unique, divin*, qu'on ne pouvait s'en passer.

Son habit court était de la dernière élégance ; son manteau, plissé avec symétrie, flottait légèrement ; il marchait le tête haute, le jarret bien tendu, l'air satisfait de sa petite personne, se souriant à lui-même, se pinçant les lèvres, afin de paraître plus gracieux; et fredonnant à demi-bas quelque ariette nouvelle. Il se rendait à midi à la toilette des femmes de sa connaissance, les honorait de sa visite chacune à leur tour, dans la crainte de faire des jalouses. La beauté qui était de jour n'avait qu'à se louer de ses soins empressés; il nuançait son rouge, plaçait ses mouches, décidait de la couleur qu'elle devait mettre; partageait avec le petit chien l'attention de madame, et croquait souvent les gimblettes du charmant toutou; il racontait avec volubilité les anecdotes du moment; fredonnait les vaudevilles qui couraient alors; débitait des douceurs en éclatant de rire. Le moyen de ne pas faire fortune avec des talens aussi précieux!

Notre petit-collet, malgré tout son mérite, ne devint pas tout de suite un homme à la mode. Il fit son entrée à Paris en guêtres, traînant une longue soutane. Il mangea pendant plusieurs mois dans une misérable gargotte. Malgré les mouvemens qu'il se donnait, il commençait à redouter les approches de la faim, lorsqu'un grave personnage de collège, qui le croyait Janséniste, le plaça pour précepteur chez un vieux marquis, dont la femme était jeune et jolie.

Alors Musquet rogna sa soutane de quelques pieds, eut soin de sa personne, et parut un autre homme. Il s'attacha davantage à plaire à madame la marquise qu'à instruire son jeune élève ; il lui apprit pourtant quelques mots de latin. Il s'appliqua sur-tout à lui apprendre à chanter, à se présenter avec grâce, à lui meubler la mémoire de choses curieuses, amusantes, de vers galans, de contes ingénieux.

Les progrès, la gentillesse de l'élève firent du bruit dans le monde; on ne parla, pendant trois jours, que du charmant précepteur. Le vieux marquis et son épouse étaient enchantés de voir leur fils si savant: ajoutez encore à ses perfections, qu'il récitait sa généalogie aussi-bien que les fables de La Fontaine; de sorte qu'il n'ignorait point qu'il était redevable au hasard d'une longue suite d'aïeux.

L'abbé Musquet faisait les délices de la table du marquis; sa conversation vive, sémillante, charmait tous les convives. Madame la marquise répondait aux tendres propos, aux minauderies du galant précepteur. Le vieux marquis, de son côté, qui parlait à son aise avec l'abbé de guerre et de politique, en était aussi très-infatué.

Au bout de deux ans, l'élève du petit-collet destiné à l'état militaire, fut déclaré assez instruit, vu ses progrès étonnans sous la conduite de son précepteur. Le vieux marquis se disposait à faire une pension honnête à son cher Musquet, lorsqu'il tomba malade, et connut qu'il n'avait plus que peu de jours à vivre. Il appela aussi-tôt un notaire, déclara par son testament qu'il laissait à l'abbé Musquet une pension viagère considérable, et sa bibliothèque, qui pouvait valoir trente-mille livres ; car il est du bon ton d'avoir une bibliothèque, quand même on ne saurait pas lire. « Lesquels legs, disait-il, » sont pour récompenser l'abbé des » soins qu'il a pris de mon fils. » Il aurait dû ajouter : « et des plaisirs » qu'il procure à ma femme. »

L'abbé se chargea quelque tems de consoler la veuve. Il était trop répandu dans le monde, pour se piquer long-tems de constance ; il abandonna bientôt la marquise, plus affligée de l'infidélité de son amant que de la mort de son mari.

Cependant Musquet ne jouissait point d'une célébrité proportionnée à son mérite. Il faisait des conquêtes, il est vrai ; mais quel homme n'en fait pas ? Il lui en fallait une si brillante, qu'elle le couvrît de gloire, et l'éleva au-dessus de tous ceux qui reçoivent des faveurs du beau sexe.

Ses vœux furent comblés. On le présenta à certaine duchesse, qui disposait à son gré des fortunes et des réputations par son ascendant auprès des ministres. Ceux qui avaient le bonheur de lui plaire, étaient certains de parvenir à toutes les places auxquelles ils voulaient prétendre, et de se voir regardés comme des gens d'un très-grand mérite : il ne leur en coûtait que des présens considérables.

L'abbé sentit de quelle importance il était pour lui de gagner l'estime de la duchesse. Afin d'y parvenir, il composa un couplet de chanson à la louange de la poudre rousse, qui relevait à merveille les attraits de la duchesse. Il le lui chanta si tendrement, l'air en était si à la mode, qu'elle s'enthousiasma du petit-collet, le logea dans son hôtel, ne jura que par son nom, était accablée de vapeurs lorsqu'elle était un seul moment sans lui.

Le madrigal-chantant de notre abbé fit aussi dans le monde une prodigieuse fortune ; on admirait la douceur des paroles, la finesse de la dernière pensée, si déliée, si délicate, qu'à peine la distinguait-on. Et chacun cherchait à connaître le sublime auteur du madrigal dont l'on était ravi : c'est la première fois qu'un poéte ait eu un sort aussi brillant que ses vers; je crains que ce phénomène n'arrive plus.

On voit que l'abbé menait une très-heureuse vie, et qu'il était en état de secourir son frère. Loin pourtant de lui tendre une main bienfaisante, il se contenta de permettre qu'il lui rendît visite quelquefois. Mais il lui défendit de se dire son frère, sous peine d'être privé de ses bonnes grâces.

D'Orninval n'osa murmurer que tout bas, et obéit avec docilité. Il venait faire sa cour au petit-collet, comme s'il n'eût été que son protecteur. On le recevait avec fierté, on lui adressait à peine quelques paroles, et on le congédiait bien vîte, en lui jurant qu'on s'employait pour lui procurer un emploi. Mais aussi-tôt qu'on l'avait perdu de vue, on ne songeait déjà plus à lui. La dureté du petit-collet n'était peut-être qu'apparente; il voulait persuader, sans doute, que son rôle n'était point une feinte.

D'Orninval, assuré de la protection de son frère, supportait patiemment les coups de l'infortune. Réduit enfin à la dernière extrémité, il vint lui découvrir ses jeûnes involontaires. Musquet alors s'occupa sérieusement des moyens de le tirer d'embarras. Il y en avait un très-facile à trouver, c'était de mettre la main à la bourse; et c'est directement celui auquel l'abbé songea le moins. Il rêva pendant long-tems à ce qu'il pourrait faire pour l'infortuné d'Orninval; il eut la douleur de ne rien imaginer. Le hasard le servit au-delà de son attente, et fit plus que sa pénétration et son génie.

Un matin son laquais lui annonce un inconnu ; il ordonne qu'on le fasse entrer. Il voit paraître une espèce d'Anglais en redingote, l'air commun, la face boursouflée, le ventre d'une grosseur énorme, assez semblable, en un mot, au *Jacques Rosbif* de la comédie. « Monsieur, » lui dit l'étranger en baragouinant et en posant à terre un gros paquet caché sous sa redingote ; « je suis un pauvre diable, natif d'Angleterre. On » m'a assuré que je suis fils d'un » prince. J'ai beaucoup de papiers » que je ne saurais déchiffrer ; j'en » ai d'autant plus de regret, qu'on » prétend qu'ils prouvent ma naissance.

» sance. Avant de vous dire pourquoi je viens vers vous, monsieur l'abbé, souffrez que je vous raconte ce qui regarde mon origine, dont m'a instruit un intime ami de mon père.

» Vous savez, sans doute, qu'il y eut dans les siècles derniers de grandes guerres entre l'Espagne et le Portugal. Les Portugais, las de la domination trop impérieuse des rois d'Espagne, formèrent longtems le dessein de secouer le joug, avant d'oser rien entreprendre. Les murmures éclatèrent sous Philippe III ; ils annonçaient la célèbre révolution qui devait enlever un royaume à Philippe IV, et placer sur le trône l'auguste maison de Bragance. Le ministre attentif

» se défia d'un des premiers sei-
» gneurs de Portugal; il rendit sa
» conduite suspecte, et donna des
» ordres secrets pour qu'on l'arrêtât.
» Le prince soupçonné injustement,
» et dont il est inutile de vous révéler
» le nom, que vous verrez assez dans
» les papiers que je viens vous remet-
» tre, fut informé de ce qu'on tra-
» mait contre lui; il trembla pour ses
» jours. Il suffisait alors d'être riche
» et puissant chez les malheureux
» Portugais, pour avoir lieu de crain-
» dre la funeste politique des Espa-
» gnols. Réduit à quitter sa patrie
» en fugitif, il s'embarqua *incogni-*
» *to* sur un vaisseau anglais, et cou-
» rut se cacher au fond d'une petite
» province de l'Angleterre, n'em-
» portant de toutes ses richesses

» qu'un peu d'argent comptant, et
» un nombre prodigieux de vieilles
» paperasses.

» Les recherches qu'on fit pour savoir ce qu'il était devenu, furent toutes inutiles. On le crut péri par quelque accident. L'Espagne eut grand soin de publier sa mort, comme si elle avait été certaine ; la majeure partie de ses biens fut confisquée, afin d'affaiblir tellement les restes de sa famille, qu'elle ne pût jamais se relever. Le ministre de Madrid cacha les raisons qui le faisaient agir de la sorte, et l'on songea peu à les approfondir. La fuite de mon illustre ancêtre fut un secret si impénétrable, qu'il n'y a que les papiers que j'ai entre les mains qui puissent me

» faire connaître pour un de ses des-
» cendans.

» L'infortuné prince, plus philo-
» sophe que ceux qui se parent de
» cette qualité respectable, renonça
» pour toujours aux grandeurs dont
» il avait joui. Il prit le nom d'Os-
» négo. Se regardant comme déjà
» mort au monde, et voulant s'atta-
» cher davantage au pays qui lui ser-
» vait de retraite, il épousa une jeu-
» ne Anglaise, fille d'un pauvre ou-
» vrier. De ce mariage naquirent
» plusieurs enfans, auxquels il ne
» put laisser que ses titres. Ils mou-
» rurent fort jeunes, à l'exception
» d'un seul qui vint s'établir à Lon-
» dres, croyant mieux gagner sa vie.

» Je descends du seigneur Portu-
» gais réfugié en Angleterre, ainsi

» que le prouvent, dit-on, les pa-
» piers que voici, conservés avec
» grand soin dans ma famille. Mais
» croiriez-vous quel était l'état de
» mon grand père à Londres ? Il
» était petit marchand de bierre ;
» car dans leur décadence, comme
» dans leur origine primitive, les
» grands seigneurs sont souvent peu
» de chose.

» Tout descendant qu'était mon
» père d'un prince de Portugal, il
» vous faisait mousser la bierre de la
» meilleure grâce du monde ; il vous
» versait à boire aux crocheteurs,
» aux porte-faix de Londres avec une
» politesse, une dextérité qui lui at-
» tiraient toujours les applaudisse-
» mens de ses illustres hôtes. Qui
» l'aurait reconnu pour un prince,

» aurait été certainement bien fin.
» Son altesse s'échauffa tant à servir
» les pratiques que lui procurait l'ex-
» cellence de sa bierre, qu'elle mou-
» rut d'une pleurésie, en me recom-
» mandant les vieilles pancartes qui
» sont dans le gros paquet que vous
» voyez là.

» Un bruit sourd s'était répandu
» parmi la populace de notre quartier
» que nous descendions d'une illus-
» tre maison étrangère; soit que l'in-
» discrétion de quelqu'un de ma fa-
» mille eût donné lieu à ce bruit,
» ou bien que la physionomie noble
» et des manières distinguées soient
» toujours la marque des personnes
» au-dessus du commun. On me
» parla si souvent de ma noblesse,
» qui me semblait pourtant assez

» douteuse, puisque je n'étais que
» le fils d'un détailleur de bierre,
» dont la demeure enfumée était le
» rendez-vous de la canaille de
» Londres; on me souffla, dis-je,
» si souvent que j'étais fait pour un
» métier plus relevé, que je résolus
» de m'en éclaircir. A peine son al-
» tesse eut-elle les yeux fermés, que
» je courus lire les papiers qui com-
» posent la meilleure partie de mon
» héritage. Quelle fut ma douleur de
» n'y rien comprendre! Ils sont
» écrits dans une langue inintelli-
» gible pour moi. Je n'osai me fier
» à mes compatriotes, que l'esprit
» républicain, et l'amour de la li-
» berté rendent presque ennemis des
» grands seigneurs.

» J'ai vendu mon fonds de mar-

» chand de bierre, et j'ai passé en
» France à la suite d'un milord qui
» vient prendre à Paris les belles
» manières. Vous êtes peut-être cu-
» rieux de savoir en quelle qualité le
» descendant d'un prince accompa-
» gne un seigneur britannique? Je
» suis un de ses valets de pied : tant
» les titres et l'ancienneté des aïeux
» servent de peu de chose aux grands
» qui n'ont point de fortune!

» Chargé de mes pancartes, je
» viens dans un pays où règnent les
» arts et la frivolité, les belles lettres
» et la fadaise : au reste, c'est tout
» comme ailleurs. Mais on est ici
» plus policé, plus complaisant qu'en
» Angleterre. La populace française
» ne s'avise pas de faire le coup de
» poing avec un duc et pair, ni de

» jeter de la boue au nez de l'étranger » qui n'est point mis à sa fantaisie.

» J'espère que quelque savant de » l'aimable nation française daignera déchiffrer mes paperasses.

» Sans doute que mes aïeux marchands de bierre méprisaient les » grandeurs auxquelles ils pouvaient » prétendre, ou que, faute d'avoir » pu lire leurs titres, ils ont ignoré » de quel sang ils avaient la gloire » de sortir, puisqu'ils ont négligé » de se faire connaître. Moi je ne me » pique point d'avoir leur philoso- » phie, et je sais qu'il est beau à » l'ignorance de se faire éclairer.

» En buvant bouteille avec mes » camarades dans une taverne qui » est proche de cet hôtel, j'ai entendu hier la conversation de plu-

» sieurs laquais qui chopinaient à
» une table peu éloignée de la mien-
» ne; ils ont beaucoup vanté votre
» mérite et votre érudition. L'éloge
» qu'ils ont fait de vous, monsieur
» l'abbé, m'a fait naître l'envie de
» recourir à vos lumières. Rendez-
» moi le service que je désire avec
» tant d'ardeur. Je vous récompen-
» serai magnifiquement; je promets
» de vous donner la place de mon
» aumônier, quand j'aurai toutefois
» la paisible jouissance de mes terres
» de Portugal. Je puis me confier à
» vous en toute sureté, puisque vous
» êtes abbé, et que tous les abbés
» sont d'honnêtes gens. Feuilletez
» soigneusement ces liasses renfer-
» mées dans ce paquet. Vous y trou-
» verez des preuves de mon illustre

» naissance, que des indices incer-
» tains me font soupçonner.

» Oui, je sens en moi des mouve-
» mens qui me dénotent la noblesse
» de mon origine. Je serais charmé,
» par exemple, de briller dans le
» monde. Mon ambition a paru dès
» que j'allais aux écoles; je voulais
» être le premier et le plus savant de
» tous mes camarades, sans me don-
» ner la peine de rien apprendre.
» J'ai aussi de grands penchans à
» aimer le jeu, la bonne chère, les
» spectacles et les femmes. Mais ce
» qui prouve encore mieux que je
» suis véritablement un grand sei-
» gneur, c'est que j'aime beaucoup
» à jouir de tout sans rien payer. »

L'Anglais ayant terminé son judicieux discours, laissa le paquet dont il s'était chargé, fit une profonde révérence, et se retira : il ne revint qu'au bout de quelques jours.

« Ma foi, lui dit l'abbé, je suis » mortifié pour vous de n'avoir rien » trouvé là-dedans qui vaille la » peine d'être conservé. Ce sont des » lettres, et d'autres paperasses, que, » si vous m'en croyez, vous jetterez » au feu. Il n'est nullement question » de votre naissance dans tout ce » que j'ai lu. Je crois, mon cher, » qu'on vous a bercé d'une chimère. » — Tant pis, répondit froidement » l'Anglais. »

Sans rien approfondir davantage, son illustre altesse, qui descendait de plusieurs aïeux, marchands détailleurs de bierre, reprit ses papiers, partit sur-le-champ de Paris, retourna

à

à Londres, et continua la noble profession de tenir une tabagie, comme défunt monseigneur son père. L'abbé fut enchanté lorsqu'il le sut bien loin.

Il est nécessaire que nous revenions à mademoiselle Rose, cette jolie marchande de modes, qui fit passer tant de mauvaises nuits à l'infortuné d'Orninval, qui ne désirait que de lui en procurer d'agréables. Voilà comme les femmes sont quelquefois injustes dans leurs rigueurs.

Le nombre des soupirans de la belle marchande augmentait tous les jours. On ferait un beau livre de tous les complimens qu'on lui adressait. Sans se donner la peine d'y répondre, elle répétait comme un perroquet ces phrases surannées, mais si nécessaires à une jolie femme : « Monsieur,

» vous vous moquez..... Vous avez » bien de la bonté........ Finissez » donc..... Je vais appeler. » Et tant d'autres dont il est inutile de faire mention. Tout cela vous était débité d'un air Agnès, accompagné de petites minauderies, qui prêtaient à ses discours une grâce charmante.

Les plus hardis de ses courtisans s'émancipaient quelquefois ; ils étaient égratignés d'importance, ils recevaient force petits coups sur les doigts. Enfin nous devons dire, pour l'honneur de l'aimable Rose, qu'elle avait dans sa boutique la manie d'être un dragon de vertu, un vrai lutin. Etait-elle la même en particulier ? Je le demande à ceux qui en ont fait l'expérience.

Tout ce que je puis dire, en fidèle

historien, c'est que la gentille Rose, souvent épanouie au souffle du plaisir, donnait adroitement des rendez-vous secrets dans son appartement à quelque galant privilégié, soit parce qu'il était plus aimable que les autres, ou plus favorisé des dons de la fortune. Une nuit qu'un de ces heureux mortels cherchait à s'introduire dans sa chambre à coucher, dont elle lui entr'ouvrait doucement la porte, une vieille voisine qui, accompagnée d'une cuisinière décrépite, venait de je ne sais où, peut-être d'espionner quelque action innocente, qu'elle voulait faire passer pour criminelle, aperçut l'amant mystérieux, qui allait se glisser furtivement dans l'asile où l'attendait le plaisir. Aussitôt la vieille, aussi méchante que dévote, se mit à crier à tue-tête, au voleur! au voleur! Rose, à ce bruit imprévu, referme sa porte, et, toute troublée, va se mettre dans sa couche froide et solitaire. Cependant l'amant favorisé cherche à s'évader, tandis que la vieille continue ses clameurs, qui auraient été beaucoup mieux fondées, si elle avait crié au feu, puisqu'il s'agissait d'une flamme amoureuse; mais le malheur qui poursuivait ce galant, le fait tomber au milieu d'une patrouille, qui accourait au bruit dont retentissait tout le quartier. Il a beau dire qu'il n'a jamais été un voleur, qu'il est tout simplement un homme à bonne fortune; la garde le conduit chez un commissaire, où il est forcé de se faire connaître pour le duc de Fronsac.

Le lendemain de cette fâcheuse aventure, mademoiselle Rose profitant de l'idée qu'avait eue la vieille voisine, raconta, à qui voulut l'entendre, qu'un voleur nocturne avait failli s'introduire chez elle.

D'Orninval avait rencontré le chemin de son cœur. Elle le trouvait joli garçon, elle lui voulait du bien. Mais jugeant à son équipage délabré qu'il n'était pas riche, elle cachait prudemment son amour. Elle était pourtant enchantée lorsqu'il venait lui présenter son respectueux hommage ; car M. d'Orninval lui parlait avec beaucoup de retenue, depuis qu'elle avait défendu qu'on se servît du mot d'amour. Elle jouissait chaque jour du plaisir de le voir et de l'entendre, et s'en fit une douce ha-

bitude. Mais tout-à-coup il cessa de lui rendre visite, elle l'attendit en vain pendant trois mois. Son désespoir fut extrême, quand elle n'eut plus lieu de douter qu'il l'avait abandonnée, ou tout-à-fait oubliée; la disparition subite de d'Orninval acheva de lui faire connaître combien il lui était cher. Ses yeux abattus et remplis de langueur demandaient chaque jour d'Orninval. « Si
» la mort ne m'a point enlevé mon
» amant, se disait-elle tout bas,
» l'ingrat ne songe plus à moi; une
» autre lui fait oublier ses sermens,
» une autre va... Pourquoi m'affli-
» ger? Peut-être que d'Orninval n'est
» point infidèle : est-il fait pour con-
» naître l'imposture?.. Hélas! je m'a-
» buse. Ma froideur, trop long-tems

» supposée, l'aura rebuté. Il cherche » des amours plus faciles, et n'aura » pas de peine à se rendre heureux... » Mais trouvera-t-il une femme » aussi tendre que sa chère Rose? » Trouvera-t-il un cœur qui s'atta- » che à lui seul, qui le chérisse mal- » gré sa pauvreté?..... Ah! si je » n'avais été retenue par les devoirs » rigides imposés à mon sexe, j'au- » rais prévenu l'aveu de son amour. » Pourquoi les hommes ont-ils la » liberté de découvrir leurs senti- » mens, tandis que, gênées par une » réserve ridicule, nous affectons » des rigueurs que nous démentons » tout bas? »

Pardonnez-moi, mon cher lecteur, un discours peut-être déplacé; le sentiment vient de m'emporter trop loin. La plupart des auteurs d'aujourd'hui ne se livrent guère à ses impulsions, et ne daignent pas même les faire éprouver dans la tragédie. Pour moi, qui suis persuadé que le sentiment donne de l'âme à tout ce qu'on écrit, je tâche, bien ou mal, de le faire entrer dans mes ouvrages.

Encore une autre observation. Comme Rose, dans son agitation, parlait vraisemblablement toute seule, de manière que personne ne l'entendait, je dois avertir que je ne sais que par conjecture ce qu'elle pouvait se dire. Je lui ai prêté les discours que je m'imagine que les femmes tiennent en cas pareil. Je n'ai point l'art d'être devin, ainsi que mes confrères les auteurs de romans, qui vous citent jusqu'aux moindres pensées de leurs héros, avec autant d'assurance que s'ils avaient toujours marché à leurs côtés. J'avoue que j'ai moi-même tombé plusieurs fois dans la faute que je reproche aux autres, tant l'exemple séduit les auteurs, sans qu'ils y songent.

La sensible Rose, après de grands efforts, parvint à oublier un peu son cher d'Orninval. Elle s'appliqua soigneusement aux diverses occupations de son état, afin de se distraire davantage de son amour. Une marchande de modes, si elle a le bonheur d'avoir la vogue, a plus d'affaires qu'on ne s'imagine. Un général d'armée en présence des ennemis, un chef de bureau, si fier de commander à ses subordonnés, sont moins occupés qu'elle ne l'est dans sa boutique. Il faut satisfaire très-rapidement, à la minute, les fantaisies des adorateurs de la mode ; il faut saisir le goût du jour, ou risquer de voir au bout d'une semaine son magasin rempli d'antiquités.

Rose était vigilante, expéditive ; les ouvrages dont on la chargeait étaient achevés et rendus à propos, ce qui est rare quand ou jouit de la célébrité. La renommée se fatiguait à publier son zèle, son adresse à contenter tout le monde, et vantait, sur-tout, son élégance et ses grâces.

Qui ne croirait que Rose dût faire une prodigieuse fortune ? Hélas ! le vrai mérite s'enrichit rarement ! Rose en est une nouvelle preuve. Elle faisait des crédits si considérables à la marquise orgueilleuse, dont la dépense surpassait de beaucoup ses revenus ; à la duchesse, qui dédaignait de payer ses dettes ; aux petits-maîtres titrés, qui se ruinaient en chiens, en chevaux, en actrices ; elle faisait, dis-je, tant de crédits, qu'insensiblement elle épuisa son fonds. Il n'y avait guère que les bourgeoises et les gens du commun qui payassent comptant chez elle.

Quand elle s'aperçut du désordre que sa complaisance avait mis dans ses affaires, il n'était plus tems d'y remédier ; il fallait payer à vue plusieurs lettres-de-change des marchands qui lui fournissaient, et elle se trouvait sans un sol. Effrayée de se voir à la veille de sa ruine, elle courut chez ses illustres pratiques, demander de l'argent qui lui était dû. Loin d'être payée, il lui fut même impossible d'obtenir audience, tous les suisses ayant ordre de lui refuser la porte. Je me défie des débiteurs qui ont des portiers et des laquais, il leur est trop facile de se faire celer.

Enfin la complaisante Rose, pour avoir fait crédit à des gens trop au-dessus d'elle, eut la douleur de voir enlever ses meubles, avec le reste de ses marchandises ; à peine lui laissa-t-on un mauvais lit et quelques chaises : encore bienheureuse, dans son infortune, qu'on ne la renfermât pas dans une obscure prison ! Elle se retira dans une espèce de grenier, fort inquiète de ce qu'elle allait devenir.

Plusieurs amans la suivirent, sans être rebutés de son indigence. Ce n'étaient plus, il est vrai, des seigneurs élégans; ils l'avaient perdue de vue aussi-tôt qu'elle était sortie de sa brillante boutique. Elle ne recevait plus l'hommage que des garçons-marchands de son quartier, et de quelques valets-de-chambre. Mais c'était toujours une distraction à ses chagrins; la plupart des femmes aiment mieux être courtisées par un malotru que de n'avoir aucun soupirant.

La belle Rose avait à sa cour, c'est-à-dire parmi ses adorateurs, un valet-de-chambre bien parfumé, toujours bien adonisé, toujours mis avec la dernière élégance, en un mot, le singe des seigneurs dont il avait souvent occasion d'admirer les ridicules ; homme d'un grand poids, à qui l'on s'adressait lorsqu'on avait une grâce à demander à son maître. Ce valet-de-chambre soupira pendant huit jours au moins pour mademoiselle Rose sans en rien obtenir. Quel excès de constance ! et que les rigueurs de sa maîtresse durent l'étonner, lui qui était l'Adonis des soubrettes, et même le mignon de quelques femmes du grand monde. Ses soins, ses transports furent inutiles, malgré les grâces dont il était pétri. Rose cependant le rebutait poliment, avec tous les égards dus à un personnage de son importance.

Notre Adonis, se voyant toujours loin de ses espérances, forma le généreux dessein de protéger l'aimable ingrate, et de lui faire du bien. Il comptait l'attendrir à force de bienfaits, et que la reconnaissance ferait naître l'amour, tant il est vrai que nous n'agissons que pour notre propre intérêt! Il ne tarda pas à lui trouver une place de femme-de-chambre chez la comtesse de Château-Vieux. Une de ses amies, qui se retirait très-regrettée de sa maîtresse, parce qu'elle savait tous ses tendres secrets, que les plaisirs du mariage avaient tentée, proposa mademoiselle Rose. La recommandation fit son effet. La comtesse voulut voir la jeune personne. Rose apprit avec joie le bonheur qu'on lui préparait. La comtesse fut charmée de son air vif, la trouva laide, et la retint à son service.

Cette comtesse, femme engouée de sa naissance, n'était occupée que de l'antiquité de ses aïeux. Son orgueil était insupportable; elle marchait avec fracas, la tête haute, le regard impérieux. Elle méprisait tous les êtres placés au-dessous d'elle. Heureux celui qu'elle honorait d'un regard!

Madame ne pouvait se livrer au sommeil qu'en se faisant lire quelques brochures nouvelles. Ainsi la lecture ne lui servait qu'à s'endormir; c'est tout le profit qu'elle cherchait à retirer des livres. Il faut avouer qu'elle se servait d'une recette souvent infaillible pour goûter les charmes de Morphée. Dans la crainte, sans doute, que les ouvrages du jour ne fussent pas suffisans, un jeune auteur était chargé de l'honorable emploi de lui faire la lecture ; et, quoiqu'elle protégeât les lettres, et qu'elle eût beaucoup d'esprit, elle traitait son lecteur comme un de ses gens. Il est vrai qu'il n'était point riche, et que sa réputation ne commençait qu'à se faire.

Madame la comtesse de Château-Vieux poussait l'orgueil jusqu'à ne vouloir faire du bien qu'à des infortunés qui fussent gentilshommes; il lui semblait qu'un roturier était indigne de ses bontés. Vous pensez bien qu'elle ne se ruinait pas en bienfaits. Certain infortuné, qu'elle protégeait par air, ou auquel elle feignait plutôt d'accorder sa protection, occupait une chambre *dégarnie*, faute de meubles ; la comtesse était instruite de son triste état, mais elle aima mieux prodiguer toutes sortes de meubles à des nobles indigens, qu'elle n'avait jamais vus, plutôt que d'obliger un simple roturier.

On jugera sans peine que mademoiselle Rose eut terriblement à souffrir dans sa nouvelle condition. Sa maîtresse l'accablait de hauteur, de caprices, de mépris. Elle supportait tout avec courage. Enfin la pauvre Rose, à force de ramper, parvint à être soufferte.

Le valet-de-chambre, que la nature avait doué d'une forte dose d'amour-propre, s'attendait que Rose couronnerait son amour dès qu'il l'aurait placée avantageusement. « Elle se servira, disait-il, » du prétexte de ce que j'ai fait

» pour elle, pour me traiter en » amant favorisé. » Se repaissant ainsi d'une félicité prochaine, d'un air suffisant, il comptait son martyre à sa belle maîtresse. Rose, qu'il ennuyait, le pria de la voir moins assidument, parce qu'on pourrait soupçonner sa vertu. L'Adonis s'obstina, il essuya de nouveaux refus. Son orgueil fut piqué; il abandonna une ingrate qui, selon lui, méconnaissait le mérite. Il avait des maîtresses moins farouches, et même d'un certain rang, qui le consolèrent bientôt des rigueurs de l'inhumaine soubrette.

On ne doit pas s'étonner de la résistance que fit Rose; j'ai oublié de dire qu'elle avait une antipathie singulière pour les petits-maîtres;

aussi n'aima-t-elle presque personne, du moins sa conduite l'a-t-elle fait présumer : elle a pu céder souvent à de jeunes avantageux ; mais en les méprisant comme ils le méritaient. Et puis son cœur était encore rempli de l'image du malheureux d'Orninval.

Sa constance et sa sagesse furent mises à des épreuves plus considérables. Ses charmes reçurent des hommages distingués dans la maison de madame de Château-Vieux ; elle y fut cruellement lutinée par plus d'un riche seigneur. L'époux de la comtesse était un homme tout uni, qui trouvait qu'une soubrette valait en amour autant qu'une duchesse. Il voulut s'humaniser avec la belle Rose ; les airs de sa femme le révoltaient, il chercha la nature. On prétend que notre femme-de-chambre sut résister aux caresses, aux offres séduisantes du vieux comte : je laisse au lecteur la liberté d'en croire ce qu'il lui plaîra.

Ce n'est pas le seul danger qu'éprouva la vertu de mademoiselle Rose. La comtesse recevait grand monde : chacun venait badiner en cachette avec sa jolie femme-de-chambre, dans la garde-robe où elle se tenait ordinairement. Rose était, sur-tout, tourmentée par un jeune marquis qui sifflait toujours, et pirouettait en frédonnant quelque sublime ariette de l'opéra-bouffon; par un moine au maintien modeste, directeur de madame; par un vieux seigneur qui cachait son âge, et par un jeune magistrat élégant qui étudiait les lois dans La Fontaine et dans Grécourt. Mais elle fut sage, ou en fit semblant; il nous suffit de savoir qu'elle était généralement estimée, et, qu'excepté les femmes, personne n'en disait du mal.

Un jour que Rose prenait le frais à la porte de madame de Château-Vieux, elle aperçut de loin un carosse magnifique, dont la vîtesse égalait celle du vent. Six chevaux couverts de riches harnais, le trainaient avec fracas, et semblaient broyer les cailloux sous leurs pieds de feu. Ce superbe équipage était précédé par deux coureurs; Rose regarde, le carrose approche; elle jette les yeux sur le maitre, pousse un grand cri et s'évanouit. Dans l'instant le seigneur se précipite de sa voiture ; il court à elle, en s'écriant : « Ma chère princesse, je vous » retrouve donc enfin! venez jouir des » avantages de votre auguste nais- » sance. » A l'instant deux grands laquais enlèvent Rose encore hors d'elle-même ; ils la placent dans la voiture ; le seigneur s'y précipite, et l'on perd bientôt le carrosse de vue.

Le lecteur doit être étonné d'un pareil évènement ; il croira que l'imagination romanesque joue ici un grand rôle. Je le prie d'être persuadé que je ne cherche point à embellir la vérité. Mais voyons ce que mademoiselle Rose va devenir.

Elle ouvre enfin les yeux. Elle se trouve entre les bras d'un seigneur décoré des ordres les plus imposans, dans un tems où le préjugé faisait respecter en France ces hochets de la prétendue grandeur. Surprise, étonnée, croyant qu'un songe trouble ses sens, elle considère attentivement le seigneur qui lui témoigne tant d'amitié. « Quoi ! c'est vous, » s'écria-t-elle enfin, mon...... » Monseigneur..... Non, je ne me » trompe pas, monsieur, je vous ai » vu..... Pardonnez..... — Oui, » c'est moi, ma chère, lui dit grave- » ment le seigneur qui la pressait » dans ses bras. Remettez-vous, » je vous instruirai de tout ce qui » m'est arrivé. Vous saurez com- » ment je suis devenu tout-à-coup » un personnage très-important. » Rose à qui la joie et la surprise ôtaient

ôtaient l'usage de la voix, prit le parti de se taire; d'ailleurs elle ignorait sur quel ton elle devait parler.

Le carrosse s'arrêta devant un palais de la dernière magnificence; d'Orninval, car enfin c'était lui-même, donna la main à Rose, lui fit traverser plusieurs appartemens où brillaient l'or et l'azur, et les riches tapisseries des Gobelins. Il la conduisit dans une salle lambrissée, éclatante, dont les pilastres étaient dorés comme une décoration d'Opéra. « Tout ce que vous voyez est à » moi, lui dit-il, je suis actuelle- » ment un grand prince. Partagez » mon sort, je serai alors véritable- » ment heureux. —Daignez me ra- » conter, repartit Rose, par quel » hasard vous êtes si noble, si riche;

» car enfin..... — Ecoutez-moi, » répliqua d'Orninval en souriant. » J'étais dans l'indigence, et j'ai- » mais. Vos rigueurs achevaient de » m'accabler. L'amour me servait » d'aiguillon (il est souvent la cause » des plus grandes vertus); je me » proposai de me rendre digne de » vous, en m'avançant dans le mon- » de. Lorsque je formais de pareilles » résolutions, j'étais quelquefois » obligé de me coucher sans souper. » Soyez-en sûre, ma chère Rose, » parmi des hommes qui se disent » sensibles et vertueux, au milieu » d'une ville où tout abonde; l'in- » fortuné, qui aurait quelque senti- » ment d'honneur, qui rougirait de » ramper, se verrait réduit à mourir » de faim. En sorte que l'effronterie

» et la bassesse sont nécessaires.
» Cette vérité me frappa, et je
» frémis.

» Mon frère l'abbé ne m'était d'aucun secours. C'est un homme qui se plaît beaucoup à rendre service, quand il le peut faire sans rien dépenser : le monde est rempli de gens qui lui ressemblent. Il me plaignait et vivait à son aise, sans me secourir. Enfin un jour il entra dans ma petite chambre. Je fus très-surpris qu'il s'avisât de me rendre visite, lui qui ne m'avait jamais fait cet honneur. La joie brillait dans ses yeux. — Votre fortune est faite, s'écria-t-il en m'embrassant : je vous fais prince. — Il m'expliqua alors comment des titres précieux, écrits moitié en

» latin, moitié en portugais, étaient
» tombés entre ses mains. Il les avait
» dérobés à un étranger qui ignorait
» combien ils pouvaient être utiles;
» et il avait suppléé d'autres papiers
» à leur place; il m'enseigna tout
» de suite la conduite que je devais
» tenir. — Soyez effronté, me dit-il,
» c'est le moyen d'en imposer. —
» Tous ces contrats me feront-ils
» vivre? lui demandai-je. — Dès
» que vous paraîtrez d'un rang dis-
» tingué, me répondit-il, et avec
» un certain éclat, soyez sûr de ne
» manquer de rien. Il est plus d'un
» seigneur dans l'Europe qui n'a
» qu'un grand nom et de l'industrie
» pour fournir à ses dépenses.

» J'aurais bien joué moi-même
» le rôle dont je vous charge, conti-

» nua l'abbé; mais je suis trop con-
» nu dans le monde. Il ne serait
» point naturel que j'eusse fait mys-
» tère si long-tems de la noblesse
» de mes aïeux. Vous êtes moins ré-
» pandu que moi; il vous sera plus
» facile d'en imposer. Gardez-vous
» bien de dire que je suis votre frè-
» re; cet aveu découvrirait que vous
» n'êtes à-peu-près qu'un prince de
» théâtre. Allez, soutenez votre
» illustre naissance. Les petits qu'é-
» blouissent les titres et le luxe,
» n'approfondissent rien, et ram-
» pent docilement : pour les grands,
» ils seront de vos amis, si vous
» donnez souvent à manger. L'ar-
» gent ne vous manquera pas, si
» vous êtes un peu fin, si vous savez
» payer d'effronterie, et afficher

» beaucoup de hauteur et d'inso-
» lence. Je vous avertirai quand il
» sera tems de quitter votre person-
» nage.

» Je crus l'abbé. Je commençai à
» répandre sourdement que je des-
» cendais d'un prince, que des mal-
» heurs inouis avaient réduit dans
» l'indigence ; mais on refusait de
» me croire, et l'on me riait au nez.
» Il me manquait cette divine pluie
» d'or, qui sait si bien persuader.

» Je trouvai pourtant le secret de
» duper de bonnes gens ; j'emprun-
» tai à droite et à gauche. Alors je
» parus d'une manière un peu plus
» conforme au rôle que je voulais
» jouer. Je songeais bien à vous,
» mon aimable Rose, mais j'atten-
» dais que je fusse plus brillant,

» afin de vous enrichir tout d'un » coup. C'était, peut-être, une folie » de me priver si long-tems de » votre vue; l'amour doit me servir » d'excuse.

» Un bon gentilhomme, nourri » dans le Limousin, qu'un héritage » considérable avait amené à Paris, » entendit parler de ma grandeur » malheureuse. Il courut chez moi. » J'étais alors un peu mieux logé » que dans le tems que j'avais le » plaisir de vous faire ma cour. — » Monseigneur, me dit-il, je sais » que vous êtes prince souverain; » et que des procès vous empêchent » de recevoir vos revenus. Je viens » d'hériter d'un oncle qui, grâce au » ciel, s'est laissé mourir, à l'aide » de deux médecins qui ne le quit-

» taient pas. Je supplie très-hum-
» blement votre grandeur d'agréer
» cent-mille écus que je lui offre, et
» de me faire son premier écuyer.
» — Après quelques façons qui n'é-
» taient que pour la forme, je reçus
» la somme à titre d'emprunt, et je
» le fis mon premier écuyer.

» Voilà l'époque de ma fortune;
» voilà la source de mon bonheur.
» J'eus bientôt des équipages, un
» palais, une suite nombreuse. Rien
» de plus comique que la surprise
» de ceux qui m'avaient connu dans
» mon obscurité. J'en ai vu se frotter
» les yeux, et douter s'ils étaient
» éveillés. Je vous fis chercher alors,
» mais vous étiez disparue. J'igno-
» rais votre sort; jugez de mon dé-
» sespoir! Ma grandeur m'importu-

» nait, puisque je ne pouvais la partager avec vous. Enfin j'ai le bonheur de vous retrouver. Vos sentimens répondent-ils aux miens ? » M'aimez-vous, consentez-vous à » vivre avec moi ? »

Rose assura le prince, en rougissant, qu'elle était trop heureuse qu'il voulût bien l'aimer encore ; et qu'elle se sentait toutes les qualités requises pour faire la dame de condition.

Le prince ne tarda pas à répandre qu'il avait retrouvé la princesse son épouse, dont des revers étranges l'avaient séparé depuis plusieurs années. On vint en foule le féliciter. Les poétes lui adressèrent de méchans vers, qu'il ne lut pas, et pour lesquels il promit sa protection. Le prince don Alvarez-de-Cunégo, (c'est le nom dont se parait d'Orninval) montra par-tout son épouse. On la trouva charmante, et on envia son bonheur.

Rose devenue princesse, forma sa maison. Elle eut de grands laquais, et des valets-de-chambre, qui assistaient à sa toilette, et qui lui mettaient sa chemise, ainsi que cela se pratiquait chez les dames du premier rang. Huit jours après sa métamorphose, on ne la reconnaissait plus. Elle avait des vapeurs; la moindre indisposition la rendait malade à mourir; elle ne pouvait faire un pas, sans être excédée; elle pleurait lorsqu'un de ses chiens avait la moindre indisposition. Le jeu devint sa passion favorite. Elle perdait des sommes considérables, et n'en faisait que rire.

C'était au prince à fournir à ses dépenses. Il n'avait pas de peine à y réussir. Toutes les bourses lui étaient ouvertes. Il savait l'art de corriger la fortune au jeu ; aussi les seigneurs qui faisaient sa partie, payaient chèrement un pareil honneur. Les marchands briguaient la gloire de le servir; il achetait à crédit, et amusait par de belles promesses. Son frère l'abbé le dirigea par ses conseils, lui apprit à faire l'homme de grande qualité, et partageait l'argent des dupes.

Pour la princesse, ci-devant la jolie Rose, elle se passa de maître ; elle aurait pu donner des leçons de l'art de tromper : sans doute qu'elle avait commencé à s'y instruire en dupant ses pratiques, lorsqu'elle était marchande-de-modes. En la voyant, on la prenait sans peine pour une grande dame. Elle se plaignait toujours, rien n'était si délicat que sa santé ; à l'entendre, les crispations de nerfs, les migraines la tourmentaient sans cesse; et elle était douée d'une constitution très-robuste. On ne savait guère de quelle couleur était son teint ; le rouge et le blanc le couvraient d'un demi-pied. Ses oreilles, chargées de pendeloques, portaient un poids énorme, que la vanité lui rendait léger. Sa gorge, indécemment découverte, attirait tous les regards. Son air impérieux, ses manières étourdies, ses discours libres, respiraient ce qu'on appelait

appelait autrefois la bonne compagnie. Elle parlait très-haut, riait sans sujet à gorge déployée, était rarement contente des mets qu'on lui servait à table, et prononçait définitivement sur le mérite des cuisiniers, ainsi que sur celui des pièces nouvelles ; elle dressait supérieurement un menu ; c'était son affaire la plus importante.

La comtesse de Château-Vieux fut fort étonnée lorsqu'elle apprit que sa femme-de-chambre était tout-à-coup devenue princesse. Sans balancer, elle envoya son secrétaire supplier son altesse de marquer le jour où elle pourrait l'assurer de ses très-humbles respects.

On trouvera peut-être qu'il n'est pas naturel qu'une femme aussi orgueilleuse que la comtesse ait fait une démarche pareille. Le lecteur se trompe, s'il pense ainsi. L'on n'a de la hauteur que pour ceux qui sont moins que nous. Les seigneurs ne croyaient pas s'abaisser en rampant auprès de ceux qu'ils craignaient, ou qui étaient plus élevés qu'eux.

La princesse apprenant que le secrétaire de madame la comtesse de Château-Vieux demandait à lui parler, le fit assez rester dans son antichambre pour lui donner le tems de considérer les portraits de ses aïeux supposés, et d'admirer la magnificence des meubles. Enfin il fut introduit. La princesse prétendue était couchée nonchalamment sous un dais superbe. Le secrétaire, ébloui de tant de grandeur, s'acquitta de sa com-

mission en balbutiant. « La comtesse
» est une bonne femme, lui répondit
» gravement la princesse, je l'esti-
» me; je lui veux du bien. Rappor-
» tez-lui que je serai charmée de la
» voir. »

Madame de Châteaux-Vieux ne manqua pas de faire une visite respectueuse. Elle fut reçue avec dignité; et la comtesse parut devant mademoiselle Rose, d'une manière aussi humble qu'elle avait été autrefois impérieuse et vaine. Elle oublia que l'altesse qu'elle voyait avait été sa femme-de-chambre; elle ne fit attention qu'au rang distingué où le hasard venait de la placer.

Le prince approuva la façon d'agir de sa maîtresse, et l'aima davantage. Il ne se comportait pas avec moins de succès. Il ne songeait plus aux belles-lettres ; un home tel que lui devait s'occuper de choses plus importantes. Un seigneur doit-il se piquer d'esprit, de science ? il fait sentir qu'il est instruit, il parle de chevaux, de chiens et de chasses, des acteurs et des brochures nouvelles ; et il est sûr de briller.

Le prince et la princesse vivaient dans un éclat qui attirait tous les yeux, et qui les faisait respecter. Ils jouissaient souvent des plaisirs de la promenade et de ceux du spectacle. Ils n'allaient que rarement dans ces jardins qu'on doit à l'orgueil, à l'égoïsme de nos rois, plutôt qu'à leur intention bienfaisante. Il était alors du bon ton, ainsi qu'à présent, de s'étouffer sur les Boulevards, d'y respirer la poussière, et d'être accablé par la foule dans des allées étroites. C'est-là qu'ils se montraient dans des chars d'un goût nouveau; c'est-là qu'ils allaient se faire voir à des gens qu'ils voulaient tromper.

Ils avaient trop d'esprit, pour ne pas savoir qu'ils devaient aller applaudir les acteurs chéris du public, quoiqu'ils soient souvent pitoyables, mais que l'on applaudit par caprice, et que l'habitude fait goûter. Ils aimaient la comédie Française; ils y allaient tous les jours. L'abbé leur représenta que ce mauvais goût donnerait des idées peu favorables sur leur compte, et pourrait bien découvrir la vérité de leur naissance.

Afin de suivre les conseils judicieux du petit-collet, ils ne furent plus qu'aux Italiens. Là, ils trouvaient chaque jour toute la nation assemblée. Ils crièrent à la merveille, battirent des mains comme les autres; et pour s'orner l'esprit, ils apprirent par cœur trois opéra-bouffons.

Une pareille conduite acheva de persuader que le prince don Alvarez-de-Cunégo était en effet un seigneur du premier rang. Ceux qui doutaient encore de sa naissance, n'osaient élever la voix, dans la crainte que leur incrédulité ne leur fît une affaire sérieuse. Ceux qui avaient connus d'Orninval dans la misère, ou croyaient se tromper, ou gardaient un respectueux silence. Plusieurs beaux-esprits lui dédièrent leurs ouvrages, célébrèrent ses vertus, et celles de la princesse. Ils croyaient être récompensés magnifiquement; mais ils ne reçurent que des politesses, des remercîmens, et de grandes assurances de protection, selon l'usage. Chacun parlait des richesses, et de la grandeur du prince de Cunégo; et ses créanciers faisaient encore plus haut son éloge.

Un beau jour le prince et la princesse disparurent. Ils craignaient qu'on ne vînt enfin à découvrir qu'ils en imposaient; mille incidens imprévus pouvaient les démasquer. Possédant de grosses sommes, en devant trois fois davantage, ils passèrent dans les pays étrangers, vivre en paix sous un nom plus simple, et rire à leur aise de tous ceux qu'ils avaient ruinés.

Pour l'abbé, il eut l'adresse d'attraper un bénéfice considérable, et continua, pendant plusieurs années, d'être l'idole des femmes. On ignora toujours la part qu'il avait eue dans la subite apparition, et dans le départ imprévu du prince Portugais.

En vain on chercha leurs altesses éclipsées ; en vain on s'informa de ce qu'elles étaient devenues ; on n'a jamais pu savoir de leurs nouvelles. Leurs gens honteux furent obligés de se retirer chacun de son côté. Monsieur le premier écuyer, confus et mortifié, fut le dernier à prendre son parti.

Ainsi finit l'histoire du fameux d'Orninval et de mademoiselle Rose qui, de paysanne devint fille entretenue, ensuite marchande-de-modes, après cela ſemme-de-chambre, puis princesse, et de princesse rien du tout. Son amant et elle jugèrent à propos de se retirer prudemment, sans doute pour nous montrer que la grandeur ne doit pas durer toujours. Ils furent l'un et l'autre de hardis trompeurs; on peut les mettre au rang des plus habiles Grecs.

On verra souvent paraître des princes prétendus, qui, jetant de la poussière aux yeux, feront briguer l'honneur d'être ruinés par leurs altesses chimériques.

Nous conseillons à nos aimables marchandes-de-modes, qui font aussi en secret de jolis péchés, de ne point trop s'énorgueillir d'avoir eu notre héroïne dans leur charmante corporation, car qui sait le rôle qu'elle joue maintenant dans le monde ? Au reste, elle a présidé long-tems à la parure de nos agréables; elle a eu des amans, des caprices : elle doit avoir quelquefois de délicieux souvenirs. C'est la consolation de certaines femmes qui ne peuvent se dissimuler que l'âge les prive de leurs adorateurs, ou des plaisirs qu'elles ont goûté.

Qu'on ne m'accuse pas de n'avoir tracé que les mœurs et les ridicules de l'ancien tems, dans cette esquisse fidelle des travers du monde. Il m'est facile de faire voir, en peu de mots, que les républicains Français, malgré leurs graves prétentions, seront tout aussi peu raisonnables, aussi vicieux, que lorsqu'ils vivaient sous le régime corrupteur des rois.

Dites-moi, je vous prie, lecteur, n'y aura-t-il pas toujours des intrigans heureux, des fripons enrichis, des parvenus sans mérite, qui regarderont du haut de leur grandeur les citoyens obscurs et honnêtes ?

Des agioteurs opulens, des financiers sans pudeur, n'étaleront-ils pas toujours un luxe insolent, qui insultera à la misère publique ?

Ne cherchera-t-on pas, dans tous les tems, à tromper la bonne foi, à vivre fastueusement aux dépens des dupes, à ruiner les marchands disposés à faire crédit, à s'enrichir par des banqueroutes *honnêtes*, ou à s'éclipser un beau jour, sans dire adieu, sur-tout à ses créanciers ?

Est-ce que la plupart des femmes ne seront pas toujours d'aimables trompeuses, qui ne connaîtront la constance, la fidélité, que dans les romans, et dont la vi[illegible]ra qu'une uite de jolis péch[illegible]

FIN.

www.ingramcontent.com/pod-product-compliance
Ingram Content Group UK Ltd.
Pitfield, Milton Keynes, MK11 3LW, UK
UKHW031904260826
14628UKWH00002B/974